내가
　　　쓰는 글이
너에게
닿기를

내가 쓰는 글이 너에게 닿기를

발행일	2024년 2월 26일

지은이   김혜련, 서주운, 송주하, 안지영, 이승희, 임주아, 장진숙, 정가주, 정인구, 황상열
펴낸이   손형국
펴낸곳   (주)북랩
편집인   선일영   편집   김은수, 배진용, 김부경, 김다빈
디자인   이현수, 김민하, 임진형, 안유경   제작   박기성, 구성우, 이창영, 배상진
마케팅   김회란, 박진관
출판등록   2004. 12. 1(제2012-000051호)
주소   서울특별시 금천구 가산디지털 1로 168, 우림라이온스밸리 B동 B113~114호, C동 B101호
홈페이지   www.book.co.kr
전화번호   (02)2026-5777   팩스   (02)3159-9637

ISBN   979-11-93716-98-4 03810 (종이책)   979-11-93716-99-1 05810 (전자책)

(주)북랩 성공출판의 파트너
북랩 홈페이지와 패밀리 사이트에서 다양한 출판 솔루션을 만나 보세요!
홈페이지 book.co.kr   • **블로그** blog.naver.com/essaybook   • **출판문의** book@book.co.kr

작가 연락처 문의 ▸ ask.book.co.kr

작가 연락처는 개인정보이므로 북랩에서 알려드릴 수 없습니다.

10명의 작가와
함께 나누는
연대와 공감의
메시지

내가
쓰는 글이
너에게
닿기를

김혜련
서주운
송주하
안지영
이승희
임주아
장진숙
정가주
정인구
황상열

북랩

"구두장이 셋이 모이면 제갈량보다 낫다."는 말이 있습니다. 이는 여러 사람의 지혜가 어떤 뛰어난 한 사람의 지혜보다 나음을 비유적으로 이르는 말입니다. 이 책은 라이팅 코치 10명의 작가가 살아온 풍부한 경험과 삶의 지혜를 담고 있습니다.

삶에 지쳐 견디기 힘든 독자들, 어려운 인간관계로 힘들어하는 사람, 무의미한 일상에 지친 이들에게 특히 도움이 될 것입니다. 작가들의 삶에서 겪은 어려움과 시련을 극복한 사례를 기록했습니다. 비슷한 경험이 있는 독자들에게 실질적인 지침과 용기를 제공합니다. 이 책을 통해 자신의 삶을 찾아가고 의미 있는 삶을 살아가는 데 도움이 되었으면 합니다.

"사람이 온다는 건 실은 어마어마한 일이다. (중략) 한 사람의 일생이 오기 때문이다."는 정현종 시인의 '방문객'에서 나온 구절입니다. "한 사람 한 사람이 하나의 우주."라는 말도 있습니다. 이는 사람이 매우 소중한 존재임을 강조한 이야기입니다. 소중하다는 의미는 단순히 지구상에 유일한 존재일 뿐 아니라, 나와 똑같은 삶을 살아온 사람이 없다는 의미입니다.

제목과 목차를 처음 받았을 때 마음에 들었습니다. 작가들의 이야기를 통해 한 사람의 삶을 감각적으로 이해할 수 있는 구성이었습니다. 이 책을 통해 열 명의 다양한 삶을 보여주고자 했던 것에 큰 만족감을 느꼈습니다. 미래에 대한 두려움은 새로운 길을 가 보지 않았기 때문입니다. 가 보지 않아서 두려운 길에 누군가의 경험 조곤조곤 알려준다면 얼마나 좋을까요?

독자가 마치 작가들과 함께한 것처럼 느낄 수 있도록 쓰려고 했습니다. 만약 이런 책을 이전에 접했다면, 나의 삶이 더 풍요로워졌을 텐데, 아쉬움이 들었습니다. 현재 이 글을 읽고 있는 여러분은 운이 좋은 사람이라고 확신합니다.

1장에서는 '나는 힘들 때마다 이렇게 일어선다'라는 주제로, 시련과 고난을 극복한 작가들의 경험과 노하우를 담았습니다. 2장은 '사람과 사람이 만나는 건'으로, 작가들이 인간관계에서 겪은 다양한 경험을 수록했습니다. 3장 '무엇을 향해 살아가는가?'에서는 꿈과 목표에 관한 삶의 나침판을 제공합니다. 마지막으로 4장 '다른 생을 살 수 있다면'에서는 작가와 같은 후회하지 않는 삶을 살아가도록 하는 마음에서 적었습니다.

살면서 가장 후회되는 일이 있다면 독서와 글쓰기를 하지 않았다

내가 쓰는 글이 너에게 닿기를

는 것입니다. 50대 후반에 독서 모임을 운영하고, 글을 쓰기 시작했습니다. 늦었지만 지금이라도 글 쓰는 삶의 축복을 누릴 수 있다는 게 얼마나 다행인지 모릅니다.

며느리가 채색 그림을 보여주며 손자에게 영어를 가르치는 영상을 보내왔습니다.

"이도야~ Green, Red, Yellow."

손자는 첫 글자만 겨우 따라 합니다.

"리, 리, 리. 레, 레, 레. 엘, 엘, 엘…."

한 단어씩만 말하면서도 색깔은 틀리지 않고 손가락으로 잘 찾았습니다. 그림책을 보고 있는 손자를 보니 저절로 미소가 지어졌습니다. 아들, 며느리, 손자는 독서하고 글 쓰면서 풍요로운 삶을 살았으면 좋겠다는 마음이 듭니다. 가족 독서 모임을 하다가 출산으로 쉬고 있습니다. 이 글을 쓰면서 다시 해야겠다고 다짐했습니다.

오늘 부부독서 모임을 하고 왔습니다. 지정 도서는 가족 간의 좌충우돌 살아가는 삶을 맛깔나게 적은 이기호 작가의 가족 소설 《세 살 버릇 여름까지 간다》였습니다. 토론 과정에서 부모와 갈등으로 힘들었는데 암치료 과정에서 더 돈독해졌다는 이야기, 남편이 장미꽃 이불을 좋아하는 것과 갈치를 먹지 못하는 사실을 처음 알았다는 이야기 등 독서 모임 회원 각자 삶의 경험을 다양하게 들었습니다. 독서 모임 횟수가 많아질수록 더 많은 갈등과 화합의 대화를 주고받으며 성장하고 있음을 느낄 수 있어서 좋았습니다. 어제와 삶이 변화가 없을 때 우리는 행복을 느끼지 못한다고 합니다. 독서와 글쓰기로 날마다 조금씩 성장해 가고 있습니다. 독서 모임을 마치고 나오는데 밤 날씨가 추웠습니다. 서로 팔짱을 끼고 한 몸처럼 붙어 가는 모습이 날씨 탓만 아닌 듯했습니다. 저도 아내 손을 꼭 잡아 외투 주머니에 넣었습니다.

부부독서 모임인 '두리하나' 외에 일반인 대상 독서 모임인 '부산 큰솔나비'를 운영하고 있습니다. 1월 셋째 주 독서 모임에서 이은대 작가의 책 《어텐션》을 읽고 나눔을 했습니다. 작가는 전과자, 막노동꾼, 파산자, 알코올 중독자, 암 환자로서 힘든 상황으로 견디지 못해 몇 차례에 걸쳐 삶을 포기하려고 했습니다. 모든 것을 극복하고 지금은 누구에게도 부럽지 않은 행복한 삶을 누리고 있습니다. 그의 삶은 영화나 드라마보다 더 극적이었기에 우리에게 큰 울림을 전해 주었습니다.

회사에서 '업무개선 제안' 채택되어 특별승진 대상으로 선정되었음에도 불구하고, 4년 연속으로 승진에서 탈락한 경험이 있습니다. 회사와 상사에 대한 원망과 불평, 짜증이 내 삶을 지배했고, 이후에도 부정적인 사람으로 살았습니다. 《어텐션》을 통해 나 자신을 만든 것이 다른 사람이 아니라 내가 하는 '말이나 생각'에서 비롯된다는 사실을 알게 되었습니다. 우리가 원하는 가치 있고 행복한 삶은 '다른 사람을 돕는 삶'이라는 것을 확인 할 수 있었고, 의미 있는 삶에 대해 다시 한번 생각해 보는 시간이었습니다.

내가 쓰는 글이 너에게 닿기를

앞에서 지난 삶에서 가장 후회하는 것이 '독서와 글쓰기'를 하지 않았다는 것이라고 했습니다. 젊었을 때 누군가 강권했더라면 하는 아쉬움이 듭니다. 물론 권유했더라도 동기부여가 되지 않으면 소용이 없었겠지만 이렇게라도 합리화하고 싶네요. 책 읽기와 글쓰기를 하지 않는 분이 이 책을 읽고 있다면 저와 같은 후회를 하지 않았으면 좋겠습니다.

설렁탕도 좋아하지만, 비빔밥을 더 좋아합니다. 그 이유는 갖가지 나물과 다양한 종류의 양념이 서로 어우러져 각각 독특한 맛을 내기 때문입니다. 이 책은 단순히 한 권의 책을 읽는 것이 아니라, 라이팅 코치 10명의 다양한 삶을 엿볼 수 있습니다. 어떤 작가는 독자를 미소 짓게 하고, 어떤 작가는 독자를 울게 하고, 어떤 작가는 독자를 웃고, 울게 할 것입니다.

힘들고 지친 사람들에게 조금이나마 웃음과 행복을 주고 때로는 일어날 수 있게 손을 내밀어 주는 그런 책이 되길 소망합니다. 책 제목처럼《내가 쓴 글이 너에게 닿기를》진심으로 바랍니다.

정인구

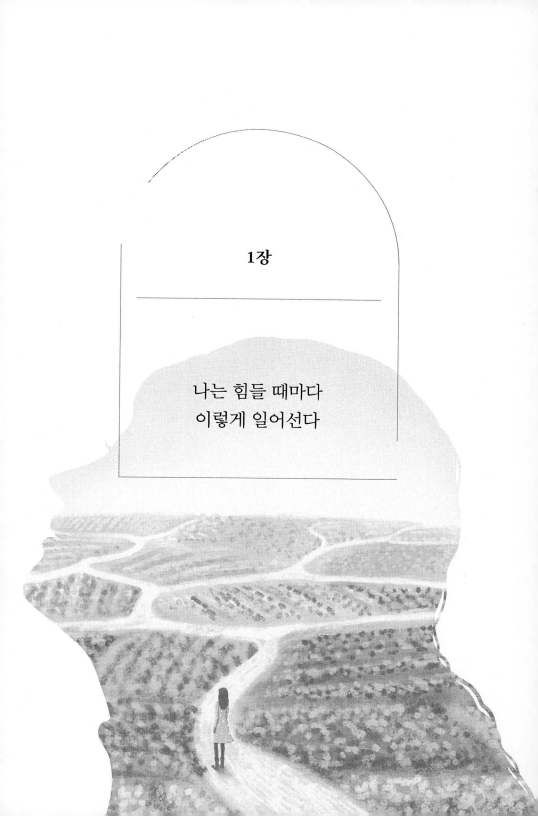

1장

나는 힘들 때마다
이렇게 일어선다

넘어지지 않는다

김혜련

　　감기약을 밤 10시쯤 먹고 잤다. 다음날 알람 소리에 일어나려니 몸이 천근만근이었다. 새벽 5시 30분 단톡방 모임도 견디기 힘들었다. 7시에 딸을 출근시키고 외손주 등원을 초인적인 힘으로 준비했다. 몸도 못 가눌 정도로 어지럽고 뒷골이 아팠다. 말이 어눌하고 똑바로 걷는데 옆으로 가는 것 같았다. 특별한 거라곤 감기약을 먹은 것뿐이었다. 외손주들과 병원에 갔을 때 감기약 처방을 함께 받았다. 코도 맹맹하고 목이 따끔거렸기 때문이다. 딸에게 전화했다. 증상을 설명했더니 119를 불러 빨리 응급실로 가란다. 뇌졸중 전조증상이라나? 카카오 택시를 불렀다. 파티마 병원 응급실로 갔다. MRI와 CT 촬영을 하고 링거 3통을 주렁주렁 달아주었다. 가족력이 있다고 경과를 지켜보자며 입원하라 했다. 친정아버지가 72세에 뇌경색으로 돌아가셨다. 놀라서 달려온 남편도 입원하라고 한다. 5인실에 입원했다. 비몽사몽 하룻밤을 자고 일어났다. 의심스러운 부분이 있다고 MRI를 한 번 더 촬영했다.

　　1박을 하고 나니 컨디션이 회복되는 듯했다. 자고 또 자고 잠에 취

　　　　　　　　　　　　　내가 쓰는 글이 너에게 닿기를

한 2박 3일. 월요일 퇴원한다. 1박을 더해야 한다. 날짜 세는 것을 보니 살만한가 보다. 잔뜩 흐린 하늘과 창문에 그려진 빗방울을 보았다. 창밖으로 재건축 사업이 한창이다. 문득, 파티마 병원으로 여행을 왔다는 생각이 들었다. 타워크레인을 보니 오래전 여행한 포르투갈의 파티마 성당 맞은편에 서 있던 타워크레인과 오버랩된다. 병원 이름과 같으니 더욱 해외여행 온 것 같다. 차려주는 밥 먹고, 청소, 설거지, 빨래는 당분간 아웃이다. 마침 주말이라 외손주들 걱정은 안 해도 된다. 바쁜 일상에서 휴식이다.

몸이 뻐근한 것 말고는 아픈 곳은 없다. 낯설지만, 적응하고 있다. 나의 빈 자리를 느끼려나? 유치함이 고개를 든다. 혼자 열 일하고 있다는 착각을 하고 있었다. 나의 역할이 없어도 집안일, 회사일, 나랏일까지 잘 돌아간다. 내가 아니면 안 된다는 생각 내려놓는다. 검사 결과는 이상 없었다. 의사는 감기약 처방에 문제가 있을 것 같다고 추정하였다. 3박 4일 입원은 쉼과 내려놓음의 여행이었다. 그동안 다양한 채널에 로그인하고 살았다. 바쁘게 검색하고 맞추며 살다 보니 나는 없었다. 그렇다고 주변을 모두 잘라내 버리는 것은 아니다. 나에게 집중하면서 좀 더 많은 시간을 할애한다는 것이다. 진정으로 나에게 로그인하는 방법을 찾아야겠다. 누구도 내 삶을 대신해 줄 수 없다.

조카 민석이가 생각났다. 2021년 6월 우리 곁을 떠났다. 7살 딸과 아내와 행복하게 살았으면 좋으련만 42년 세월이 야속했다. 2016년 첫 번째 조혈모세포 수술 후 해외 출장도 다녀오고 투병에 성공한 줄 알았다. 코로나로 세상이 두려움에 떨던 2020년 12월 재발했다. 우리가 알고 있는 백혈병, 림프종 등 혈액암 종류는 다양했다. 혈액

암은 혈액을 구성하는 성분에 발생하는 질환이다. 다른 암에 비해 생존율이 꽤 높은 편에 속한다고 했는데…. 일반 고형암과 달리 혈액을 타면서 전신을 흐르고 있는 특성을 가진 질환이었다. 보통 비정상적인 혈액 세포들이 증가하게 되면서 몸에 필요로 하는 백혈구, 혈소판, 적혈구 등 정상 혈구 수가 줄어 증상을 유발하게 된다.

면역력이 떨어져 사용하는 기구와 제품, 먹거리까지 소독해야 하였다. 백혈구 감소로 인해 감염이 쉽게 발생하면서 발열도 자주 나타났다. 두 번째 수술에도 감사하게 99% 일치하는 조혈모세포 기증자가 있었다. 비혈연 간 유전자 번호가 일치할 확률은 2만분의 1이라 한다. 기적에 가까운 일이다. 그것도 2번이나 말이다. 이번 공여자는 여자라고 하였다. 생면부지의 사람에게 혈액을 제공하여 준다는 것은 쉬운 일이 아니다. 오른손이 하는 일을 왼손이 모르게 하는 은밀한 사랑을 베푸는 사람이었다.

2021년 1월 어찌하나, 조카 세영이마저 갑상선암 진단을 받았다. 언니는 금쪽같은 자식 모두가 암이고 재발하는 소용돌이 속에 있었다. 심리적 충격이 컸을 언니마저 코로나로 격리되었다. 홀로 긴 시간을 감내하는 불쌍하고 안타까운 우리 언니! 인간의 힘으로는 어찌할 수 없는 깊은 수렁. 간절히 기도하며 매달릴 수밖에 없는 시간. 신은 감당할 수 있는 시련을 주신다고 하였지만 감당하기 벅찼다.

언니가 누구보다 잘살기를 바랐다. 형부 나이 40세에 암으로 보내고 아들마저 같은 병으로 잃었다. 9살, 10살 연년생 딸과 아들을 데리고 35세 고달픈 인생을 살았다. 아들은 박사로, 딸은 의사로 키워냈다. 그림, 노래, 운동, 공부 등 다방면으로 잘하는 언니였다. 고등학교를 졸업하고 집안 형편이 어려워 대학은 포기했다. 첫 사회생활

내가 쓰는 글이 너에게 닿기를

을 시작한 회사에서 형부를 만났다. 형부는 서울대학교를 졸업했다. 언니를 향한 사랑은 지극 정성이었다. 공부를 더 하라고 대학 가기를 권했다. 교회와 시장에 함께 다니기는 기본이었다. 육아와 집안 일까지 잘 도와주었다. 처가 일이라면 두 발 벗고 나섰다. 언니는 형부가 일찍 곁을 떠났지만, 평생 받을 사랑을 생전에 모두 받았다고 했다. 김수영 시인의 '풀'이라는 시의 일부분이다.

풀이 눕는다
비를 몰아오는 동풍에 나부껴
풀은 눕고
드디어 울었다
날이 흐려서 더 울다가
다시 누웠다

바람보다 늦게 누워도
바람보다 먼저 일어나고
바람보다 늦게 울어도
바람보다 먼저 웃는다

바람은 풀을 계속 쓰러트리지만 꺾이지 않는 질긴 생명력을 가진 풀처럼 실상은 보잘것없다. 풀은 연약하여 바람에도 쉽게 쓰러지지만, 그 뿌리는 누워 있기를 거부하고 다시 일으켜 세우고 만다. 뿌리를 튼튼하게 하는 일, 불안과 마주하는 일 보통 아니다. 나약한 힘과 의지를 하나로 모아 고통을 이겨내는 언니다. 언니는 딸의 건강을 노심초사하고 있다. 아빠 없는 손녀의 성장을 가슴 아프게 받아내고 있다.

　가족이 버티어 올 수 있었던 건 하나님 은혜였다. 인간의 부족함을 알기에 절실하게 매달렸다. 가족은 중요한 것이 아니다. 가족은 모든 것이다. 인간관계, 의사소통, 신앙, 믿음, 일, 죽음, 마음 관리 등은 여전히 숙제로 다가온다. 있는 그대로 받아들인다. 잘못된 건 반성하고 힘들 때마다 기도로 힘을 내고 넘어져도 다시 일어선다.

　　　　　　　　　　　　　내가 쓰는 글이 너에게 닿기를

쳇! 얼마나 잘 되려고

서주운

하늘이 무너지는 줄 알았습니다. 믿기지 않았습니다. 괜찮지? 라고 묻는 언니의 물음에 안 괜찮아!라고 대답했습니다.

"장난치지 말고, 괜찮다고 그러지?"

장난이라고 말하고 싶었습니다. 농담이라고 웃으며 말할 수만 있다면 더할 나위 없겠습니다. 둘째 출산 당시 청력검사에서 재검이 나왔습니다. 다시 검사해 봐도 결과는 같았습니다. 큰 병원으로 가서 정밀검사를 하라고 했습니다. 서울에 있는 병원을 알아보라고 하더군요. 되도록 빨리 보청기를 끼고, 가능하면 인공 와우 수술도 하라고 권했습니다. 아들이 청각장애라는 사실을 받아들일 수 없었습니다. 왜 나에게 이런 일이 일어났을까? 원망스럽고 가슴이 아팠습니다. 밥을 먹다가도 청소를 하다가도 샤워 도중에도 눈물이 났습니다. 만우절 하얀 거짓말처럼 잠깐 놀라고 마는 그런 일이길 바랐습니다. 자고 일어나면 무슨 일이 있었냐는 듯 예전의 삶 그대로이길 간절히 빌었습니다. 기적은 일어나지 않았습니다. 아무리 부정하려 발버둥 쳐도 고통과 아픔은 더 세게 짓눌렀습니다. 아들은 보청기를 몇 달 차다가 인공 와우 수술을 했습니다. 인공 와우 수술은 보청기를 사용해도 도움을 받지 못하는 난청 환자에게 하는 것입니다. 전기적으로 자극하는 와우 기계를 이식하여 소리로 인지할 수 있도록 해주는 수술입니다. 전신마취를 하고 수술실로 들어갔습니다. 기다리는 내내 가만히 앉아있을 수가 없었습니다. 일어났다 앉았다, 두 손을 꼭 쥐었다 폈다, 수술실 앞 복도를 한없이 서성이며 아랫입술을 꼭 깨물었습니다. 수면 약을 먹고 숨넘어갈 듯 까르륵 웃던 아들 모습, 그러다 순간 머리를 뒤로 픽 떨구며 깊이 잠든 마지막 모습이 떠올라 미치도록 슬펐습니다. 눈물이 계속 나왔습니다. 간절히 기도했습니다. 제발 수술 잘 되게 해달라고 만일의 사태는 없는 거라고! 무슨 일 있으면 가만히 있지 않을 거라고……. 이내 살려만 달라고 무슨 짓이든 하겠다고 울며 매달렸습니다. 모든 신께.

　두어 시간쯤 지났을까? 아이가 잠든 채 수술실에서 나와 입원실로 옮겨졌습니다. 붕대로 칭칭 감긴 머리는 두 배로 커져 있었습니다. 다행히 수술은 잘 되었으니 걱정하지 말라고 했습니다. 아들은 잘 이겨냈습니다. 밥도 잘 먹고 놀기도 잘하고 빠르게 회복했습니다. 하루하루 건강하고 밝게 지내주는 아들 덕에 내 마음도 조금 편안해졌습니다. 그제야 입원하고 있는 다른 아이들, 오가며 진료를 받는 아이들, 밤낮으로 간호하느라 지친 엄마들, 그래도 밝게 웃으며 힘을 내는 부모들이 눈에 들어왔습니다. 내 아이만 아픈 줄 알았는데 똑같이 청력이 안 좋은 아이도, 미안할 정도로 내 아이보다 더 아픈 아이도 많았습니다. 많아도 너무 많습니다. 병원에 있으니 죄다

　　　　　　　　　　　　내가 쓰는 글이 너에게 닿기를

아픈 사람들입니다. 이만하길 얼마나 다행인가. 감사한 마음이 절로 들었습니다. 내 아이도, 다른 아이도 빨리 나아서 건강하기를 매일 바라고 기도했습니다.

부정하고 원망했던 마음이 감사함으로 바뀌었습니다. 세상을 대하는 태도, 관점이 달라졌습니다. 시력이 나빠 안경을 쓰듯 청력이 안 좋아서 인공 와우 기계를 차는 것뿐이었습니다. 조금 불편할 뿐 달라질 건 하나도 없었습니다. 세상 밖 사람들을 향했던 시선을 거두고 내 안의 나를 들여다보니 마음이 가벼워졌습니다. 아들 사진을 찍을 때면 최대한 와우 기계는 안 보이게 찍었었습니다. 사람들이 많이 모여 있는 장소는 피했고 후드티를 즐겨 입혔습니다. 모자를 씌워 와우 기계를 최대한 안 보이도록 가리기 급급했었습니다. 누군가 아기 귀에 그게 뭐냐고 물을까 봐 자리를 빨리 떠났습니다. 지금 생각해 보면 한없이 초라하고 부끄러운 마음이 듭니다. 뭐가 그렇게 당당하지 못했을까요? 뭘 그렇게 감추려 했는지 바보스럽기 짝이 없었습니다. 불행한 마음은 감사로 바뀌었고 그 이후 난 늘 웃을 수 있었습니다. 활짝 웃는 아이의 얼굴 사진을 크게 찍고 사람들 많은 곳곳을 활보하며 후드티는 아들이 스스로 입을지 말지 선택사항이 되었습니다. 누군가 궁금한 시선, 표정으로 바라볼 때면 먼저 다가가 "처음 보죠? 이건 인공 와우라는 건데요~" 하며 설명해주었습니다. 마치 난청 협회 인공 와우 홍보대사가 된 것처럼 말이죠.

자녀의 아픔은 부모 인생에 있어 최대의 고난과 시련입니다. 하지만 부모라서 버텨낼 수 있었습니다. 아니 쓰러지면 안 되는 것이었습니다. 성경 말씀에도 있듯이 고난과 고통은 그 무게를 감당할 만한 사람에게 온다고 하지 않던가요. 그 말씀에 힘을 내었습니다. 그래, 나는 이겨낼 수 있어! 충분히 그러고도 남는 사람이야! 고난과 시련은 나를 더 단단하고 강하게 만들어 주었습니다. 그리고 겸손한 마음으로 감사하며 살게 했습니다. 감사하며 살다 보니 늘 행복했습니다. 부모가 되고 아이의 아픔을 겪으면서 가장 많이 성장할 수 있었습니다. 어른이 된 것입니다. 어른이 되고 나서는 어떠한 역경이와도 "이만하니 감사합니다." 그 무슨 어려움이 생겨도 "앞으로 얼마나 더 잘 되려고." 하며 씨~익 웃습니다. 누가 보면 미친 사람 같다 하겠지요. 미친 사람이라고 생각해도 좋습니다. 내가 힘들 때마다 이겨낸 마법의 주문과도 같은 방법이니까요. 웃으며 일어섰습니다. 여태껏 잘 이겨냈고 앞으로도 잘 이겨낼 것입니다. 고난과 시련은 인생에 내리는 소나기와도 같습니다. 비 온 뒤에 땅이 굳듯 연약한 나를 단단하게 만들어 주었습니다. 이젠 인생 어떤 비가 내려도 걱정하지 않습니다. 설령 장마에 폭풍우가 닥친다 해도 끄떡없습니다. 다시 해는 뜨고 운 좋으면 무지개도 볼 수 있다는 사실을 알게 되었으니까요. 비는 반드시 그칩니다.

살다 보면 어려운 상황에 부닥치게 되는 일도 많고 절망하고 좌절할 때도 옵니다. 그럴 때마다 자책하거나 남 탓을 하며 시간을 허비하는 사람들이 많습니다. 힘들 때마다 자포자기하고 이생에는 망했네 하며 다가올 복과 운마저 차버리는 사람도 허다합니다. 힘들 때일수록 힘을 냈으면 합니다. 어려운 상황을 통해 찾아올 새로운 기회를 엿보는 마음의 여유를 가졌으면 좋겠습니다. 힘들고 지칠 때마다 이렇게 외칩니다.

나는 이 고난을 이겨낼 만한 충분한 힘이 있는 사람이야! 이 시련을 이겨낸 후에는 얼마나 더 성장할까? 쳇! 얼마나 좋은 일이 일어나려고.

내가 쓰는 글이 너에게 닿기를

인생은 곡선 그래프다

송주하

　　지금까지 살아온 세월을 가만히 돌이켜 보니, 인생은 곡선 그래프를 닮았다는 생각이 듭니다. 좋은 일이 생기다가 안 좋은 사건이 일어나기도 했고, 좋은 사람을 만났다고 믿었는데, 나중에 보니 악연이었었던 경우도 있었습니다. 늘 좋지만도 않았고, 그렇다고 매번 불행하기만 했던 것도 아니었습니다.

　유난히 힘들었던 구간이 떠오릅니다.

　첫 번째는 미용 일을 처음 배우던 3~4년의 기간입니다. 무슨 일이든, 처음은 서툴고 힘듭니다. 오래 하던 사람들보다 긴장도 많이 하게 되고요.

　오전 9시부터 오픈합니다. 준비해야 할 일이 많아서 미리 출근합니다. 그때부터 종일 서 있습니다. 제가 다닌 곳은 유난히 바쁜 가게가 많았습니다. 점심시간이 따로 있지 않았습니다. 5분 만에 밥을 삼키고 나와야 하는 경우도 허다했습니다. 일의 특성상 시간을 조금만 넘겨도 머리카락에 손상이 오기 때문입니다. 저녁 시간도 마찬가지입니다. 숨돌릴 틈 없이 일하다 보면 밤 9시가 됩니다. 퇴근 시간이지만, 정확하게 마친 적이 거의 없습니다. 마무리가 늦게까지 이어질 때가 많았거든요. 특히 초보 시절에는 내일 오픈 준비에 필요한 도구를 전부 씻어야 합니다. 수건도 세탁해서 모두 널어야 하고요. 바쁜 날은 정리해야 할 게 산더미처럼 쌓여있을 때도 있습니다. 마무리는 늘 초보 스텝의 차지였습니다. 다리에 감각이 없습니다. 아프다는 느낌을 넘어서면 무감각해지는 시간이 옵니다. 초보 시절에는 차가 없었습니다. 고된 몸을 이끌고, 버스를 기다립니다. 날씨라도 좋은 날에는 그나마 다행이지만, 비가 오는 겨울은 최고난도입니다. 매서운 칼바람을 맞아가며 서 있는 그 순간이, 지금 떠올려도 참 고된 시간이었다 싶습니다.

커트를 배우게 되는 시기도 마찬가지입니다. 거의 매일 손가락에 상처가 납니다. 깊이 베일 때는 피가 제법 많이 납니다. 가위가 손가락을 스칠 때, 얼마나 깊게 다쳤는지 가늠할 수 있습니다. 뭔가에 베이는 느낌, 지금 생각해도 소름이 돋습니다. 오른손잡이라 상처는 왼쪽 관절 부분에 많이 납니다. 관절 부분은 밴드도 잘 안 붙습니다. 그 상태에서 염색한 손님의 머리를 감기는 날에는, 나도 모르게 '윽' 하는 소리가 납니다. 염색제가 상처로 들어가서 살을 후벼 파는 기분이 듭니다. 내색할 수는 없습니다. 늘 아무렇지도 않은 척 일해야 했습니다. 겨울이 되면 손 상태가 엉망이 됩니다. 검은색 염색약이 묻어서 얼룩덜룩합니다. 손등은 갈라져서 가물어진 논바닥처럼 보기가 흉합니다. 물에 계속 닿아야 하는 일이라, 보습제도 그때뿐입니다.

어떻게 견뎠나 싶습니다. 하기 싫다고 말하고 그만둘 수도 있었는데 말이지요. 미용 일은 부모님이 반대했던 일입니다. 제가 고집을

내가 쓰는 글이 너에게 닿기를

부렸습니다. 잘 해내야 한다는 부담이 많았습니다. 제 선택이 옳았다는 걸 보여주고 싶었습니다. 사람은 누군가에게 인정받으려는 본성이 있다고 하지요. 아마도 그 마음이 가장 크지 않았나 싶습니다. 부모님은 한 번도 저에게 칭찬해준 적이 없습니다. 자식이 많았기도 했고, 사는 게 늘 바빠서 그랬을 수도 있습니다. 두 분 다 무뚝뚝한 편이라, 표현을 안 하기도 했습니다. 멋진 결과물을 보여주고 싶었습니다. 승승장구하는 모습도 보여주고 싶었고요. 어려서 그랬는지, 돈을 가장 많이 버는 직업이라고 생각했습니다. 매달 부모님께 용돈을 주는 상상도 했습니다. 기특하다고 웃는 얼굴을 그리면서 그 시간을 견뎠습니다. 그때는 저를 나아가게 하는 힘이, 부모님이 아니었나 싶습니다.

두 번째는, 남과 비교하는 습관입니다. 이건 딱히 언제 그랬다가 없습니다. 살아온 인생 내내 그랬거든요. 자존감이 낮았습니다. 초등학교 시절에는 친구랑 저를 매일 비교했습니다. 친구 집은 동네에서 가장 잘 살았습니다. 2층 주택을 지었는데, 으리으리했습니다. 1층에는 부모님 방과 친구 방, 할머니 방이 있었습니다. 위층에는 언니 방과 오빠 방, 그리고 창고 방이 있었고요. 멋진 피아노와 실내 분수 장식, 화려한 식탁과 주방, 과일이 가득 담겨 있는 바구니가 아직도 기억납니다.

가장 부러웠던 건 온기였습니다. 친구가 하는 말에 귀를 기울여주는 친구 아빠가 신기했습니다. 어린 초등학생일 뿐인데, 일일이 반응해주고 다시 질문하는 모습이 낯설었습니다. 우리 집은 일방통행이었거든요. 아빠는 말하고, 우리는 조용히 들으면 됩니다. 그중에서도 최고는, 친구 아빠의 미소였습니다. 뭐가 그렇게 재미있는지, 친구가 하는 말마다 웃습니다. 그저 귀엽다는 듯 쳐다보던 눈빛이 아직도 선명합니다.

나보다 운이 좋고 잘나가는 사람 보면 부러웠습니다. 부모님이 잘 산다는 이유만으로, 평생 돈을 벌지 않아도 되는 사람도 봤습니다. 제법 열심히 살았습니다. 부자가 되고 싶었거든요. 노력만 하면, 무조건 되는 건 줄 알았습니다.

살다 보니 딱히 그런 것도 아니었습니다. 노력이 반드시 성과로 이어지는 건 아니었습니다. 투자 공부하다가 수천만 원을 날리기도 했습니다. 그때 될 사람은 되고, 안 될 사람은 어차피 안 된다는 생각이 들었습니다. 그런 생각을 하고 나니까, 왜 열심히 살아야 하는지 모르겠더라고요. 부정적인 마음은 강력합니다. 한 번 시작된 나쁜 마음은 계속 이어집니다. 결국 나를 지치고 피폐하게 만듭니다. 우울증도 생기고, 잠을 못 자는 날도 많아졌습니다.

방황의 굴레를 빠져나오는 데는 아들의 힘이 컸습니다. 나로 인해 고통을 받는 아들을 보면서 정신을 차렸습니다. 책임감이라고 생각합니다. 사랑하고 지켜주고 싶은 존재가 있다면, 사람은 다시 나아갈 수 있습니다. 제가 그랬던 것처럼요. 특히 아이가 주는 힘이 있습니다. 나로 인해 세상에 태어난 존재입니다. 부모가 인생을 책임져 줄 수는 없지만, 든든한 울타리가 되고 싶다는 마음이 듭니다.

비교하는 습관을 없애려면, 내 중심이 확고해야 합니다. 뿌리가 튼튼한 나무는 바람에 쉽게 흔들리지 않습니다. 이때 중요한 게 자존감입니다. 책을 읽거나 책 쓰기 강의를 들으면서, 배우기 시작했습니다. 우연히 발견했던 문장 하나가 있습니다. "사람은 숫자가 아니라, 세모 네모 동그라미다." 처음부터 우리는 각자 비교할 수 없는

내가 쓰는 글이 너에게 닿기를

존재라는 의미입니다. 숫자는 일등과 이등으로 줄을 세울 수 있습니다. 하지만 세모와 네모는 누가 더 낫다고 말할 수 없습니다. 처음부터 이 사실을 알았더라면, 나를 더 사랑했을지도 모릅니다. 책을 읽기 시작하면서, 혼잣말이 얼마나 소중한지도 알게 되었습니다. 나에게 들려주는 작은 속삭임이, 나를 죽이기도 하고 살리기도 합니다.

책 쓰기 강의에서 강조하는 건, 인생을 대하는 태도입니다. 글 쓰는 원칙을 배우기 전에, 나에 대해 좋은 감정을 가지는 게 먼저라고 배웠습니다. 그래야 글도 좋아진다고요. 이왕 살아가는 거, 한번 해볼까 싶었습니다. 어색하긴 하지만, 거울 보면서 연습했습니다. 나는 소중하다. 나는 매력이 있다. 나는 운이 좋은 사람이다. 포스트잇에도 썼습니다. 그리고 벽에 붙였습니다. 그림 파일로 만들어서 핸드폰 안에도 저장했습니다.

적어도, 예전보다는 나를 아끼며 살아가고 있습니다. 노력 덕분인지 실제로 내가 꽤 괜찮은 사람이라고 여겨질 때도 있고요. 부정적인 마음은 하나도 허용하지 말라는 말을 기억합니다. 인생에 도움이 안 되는 거라면, 과감히 버리기로 했습니다. 인생 전반부에는 나를 귀하게 여기지 않았다면, 후반부에는 좀 더 아껴보려고 합니다. 한번 사는 인생입니다. 이왕이면 멋들어지게 살다가, 후회 없이 떠나고 싶습니다.

책 위에 고난을 올려라

안지영

　　아파트 광장을 가로질러 출근하는 사람들이 보인다. 영하로 떨어진 강추위에 옷깃을 여민 모습이 새우 같다. 출근준비를 서둘러본다. 안방에서 열 발짝 걸으면 일터다. 실내인데 오싹하다. 작년 이맘때에는 난방 안 틀어도 따뜻했는데 올해는 마음도 시리다. 난방 스위치를 켠다. 늦가을부터 불기 시작한 시련이 시베리아의 찬바람이 되었다.

　　공부방 운영한 지 11년 차가 된다. 매년 11월, 12월에는 학생들의 학원 이동이 시작된다. 재원생들의 퇴회가 줄을 잇는다. 첫눈 감상은 사치다. 지난주가 최악인 줄 알았는데 바닥이 안 보인다. 처음엔 그럴 수 있다고 웃어넘겼다. 일주일 후 웃음기도 사라졌다. 최선을 다해 수업했는데 허망했다. 입안이 썼다.

　　공부방 수업을 그만두는 이유가 다양한 만큼 쓰라림의 종류도 제각각이다. 처진 어깨에서 가방끈이 흘러 내린다. 고개가 땅을 향한다. 가족의 대화에 혼자 날을 세운다. 마음속에 곪은 고름이 터지니 오히려 시원하다. 시간이 멈췄다. 울상 짓고 주저앉은 내 모습이 보

　　　　　　　　　　　　　내가 쓰는 글이 너에게 닿기를

인다. 잠시 눈앞이 캄캄하다. 앞으로 어떻게 해결해 나가야 하지? 하는 일 힘들다고 그만둘 철없는 나이는 아니다. 이럴 때일수록 정신 차리고 상황을 직시해야 한다.

성공한 사람들에게 조언을 구한다. 나의 실패 요인을 찾기 시작한다. 상처를 그대로 남들에게 내보였다. 감추는 것보다 속 편하다. 살다 보면 하는 일이 잘될 때도 있고 안 될 때도 있다지만 아직 실패만 보인다.

인생을 반 정도 살았다. 살면서 힘들었던 일이 많다. 자잘한 시련이 조약돌처럼 흩어져 있다. 제일 힘들었던 세 가지를 뽑아 본다. 바닥 친 자존감, 교통사고, '통증이' 내 속을 후벼팠다.

누구나 대학 낙방 경험은 있을 것이다. 자존감이 바닥이었다. 그래서 나의 낙방이 더 비참했다. 중학교 2학년 때 학군 좋은 곳으로 이사했다. 다른 친구들과 눈에 보이지 않는 유리벽이 있었다. 위장 전입이라 친구를 집에 데리고 가지 못했다. 하굣길이 조마조마했다. 잘사는 친구들만 보였다. 상대적 박탈감에 힘들었다. 내가 서 있는 곳은 살얼음판이었다. 성적이 점점 떨어졌다. 전학 오기 전엔 상위권이었는데 이곳에선 바닥이었다. 이 상태로는 미래가 불투명했다. 전통 있는 사립여고에 진학했다. 성적은 더 떨어졌다. 자율 학습 시간을 빠진 적이 없다. 떡볶이 먹는다고 학교 담을 넘은 적도 없었다. 공부 방법이 잘못된 것이다.

친구 사귀는 것도 두려웠다. 임대 아파트, 소형 평수라 집에 초대하지도 못했다. 예민했던 사춘기 시절이었다. 그래도 숨 쉴 수 있는 나만의 장소가 있었다. 학교 도서관이다. 학교 역사만큼 오래된 책에서 나는 퀴퀴한 냄새가 좋았다. 도서관 봉사를 하면서 책을 많이 읽었다. 내가 있는 현실 이야기가 없어서 행복했다. 난 힘들 때마다 책 속에 숨었다.

어릴 때부터 책은 최고의 친구였다. 내성적인 성격이라 말하기 부끄러웠다. 말하는 대신 글을 써서 마음을 전했다. 덕분에 지금 제2의 직업이 되었다. 일기 쓰기, 독후감 쓰기, 특히 시를 잘 써서 큰상을 받기도 했다. 구르는 재주가 하나 있어서 다행이다.

두 번째 힘들었던 교통사고는 결혼 후 찾아왔다. 출산 후 육아에만 전념했다. 이유식을 잘 먹는 아기 덕분에 요리가 즐거웠다. 책 좋아하는 아이 덕분에 교육에 관심이 갔다. 아이를 키우며 다시 일할 기회를 살폈다. 결혼 전 경력으로 일을 시작했다. 평일엔 육아하고 주말에 관련 자격증 공부로 분주했다. 새로 받은 자격증에 이름 석자가 반짝였다. 서울에 있는 금속 공예 학원에서 수강생을 가르쳤다. 나의 활동 영역이 넓혀질수록 아이는 엄마 없는 시간에만 아팠다. 분주한 시간이 결실을 보았다. 수원 칠보 작가들과 전시회를 기획했다. 경력 단절을 딛고 일어서는 내가 자랑스러웠다. 그런데 전시회를 앞두고 사고가 났다. 교통사고가 내 일상을 삼켰다. 보호자 없는 병실은 낮에도 어두웠다. 남편은 미국 파견 중이었고 친정엄마는 나 대신 아이를 돌보느라 병실에 늘 혼자였다. 전시회엔 주인 없는 작품만 나갔다. 멈춘 시간이 흙빛으로 굳어갔다. 사고의 충격으로 모든 교통수단을 타지 못했다. 폭설로 지워진 도로를 왕복 두 시간씩 걸어 물리치료 다녔다. 내게 닥친 시련을 눈과 밟아내며 이겨낸 건 마지막 안간힘이었다.

통증 있는 몸이라 누굴 만난다는 건 생각도 못 했다. 위로가 절실했다. 식탁 위에 놓인 책 한 권을 펼쳤다. 햇살 한 줄기가 책을 비췄

내가 쓰는 글이 너에게 닿기를

다. 책은 날 버리지 않았다. 늘 곁을 지켜 준 진짜 친구였다.

　의사의 진단이 망치처럼 무거웠다. 교통사고로 인한 목, 허리 디스크 때문에 무리한 작업이 불가능했다. 손가락 피 내면서 작업했던 시간이 물거품같이 사라졌다. 하늘을 볼 수 없었다. 15년 가까이 이 일만 했는데 앞으로 어찌 살아야 하나. 막막할 뿐이었다. 엄마의 권유로 내가 좋아하는 일을 떠올렸다. 평소 좋아하던 책 읽기와 글쓰기가 생각났다.

　세 번째 시련은 '통증'이었다. 독서 논술 지도사 자격증 취득 후 서울에 있는 논술 학원에 출근했다. 책 읽기를 좋아하지만, 새로운 분야를 배울 때마다 시간이 걸린다. 그 부분이 문제다. 복잡한 토론 형식을 이해될 때까지 하다 보니 앉아있는 시간이 많아졌다. 교통사고로 인해 생긴 목과 허리 디스크가 항상 문제였다. 사고 후 둘째를 임신하고 낳는 과정도 순탄하지 않았다. 산후조리원에 있었지만, 통증으로 쉬지 못했다. 아기가 13개월 되었을 때 걷지 못하는 아이를 어린이집에 보내고 디스크 치료 다녔다. 팔, 다리가 저려 잠을 못 잤다. 건강한 아기를 안는 게, 두 아들을 혼자 키우는 게 고통스러웠다. 지금은 글 쓸 때마다 어깨가 내려앉는다. 디스크에 관절 마디 모양이 다른 사람과 달라서 통증이 더 했다. 안 해 본 치료가 없었다. 결국, 통증을 무시하기로 했다.

　결혼 생활 19년 중 16년을 주말 부부로 살았다. 해외 파견 4년 반이란 시간을 오롯이 혼자 견뎌냈다. 두 아들을 키우면서 새로운 도전을 시작한 게 꿈처럼 느껴진다. 그 시련의 시간을 어떻게 버텨냈을까?

　힘든 상황을 넘을 때마다 '굳은살'이 배겼다. 머리 뜯는 시간도 짧아지고 회복 탄력성이 강해졌다.

과거에는 내 실패를 남에게 보여주지 못했다. 실패 경험이 창피한 게 아니고 오히려 훈장이란 걸 알게 되었다. 깨달아서 다행이다.

시련과 고난이 힘들다고 아예 없어지기를 바라는 건 어리석음이다. 역경을 파도처럼 넘다 보면 대수롭지 않게 이겨낼 수 있으니까. 경험과 연륜 덕분이라 생각했는데 다른 이유가 있었다.

누군가에게 약한 모습 보이지 않고 고난을 넘어설 수 있는 스승, 바로 책 덕분이었다. 절망의 구렁텅이에서 꺼내 줄 수많은 스승이 우리 집 책장에 함께 살고 있다.

한 가지 더 있다. 힘들어 울고 싶을 때 실컷 울면 온몸의 힘이 빠지면서 개운해진다. 차라리 상처받은 마음, 답답한 마음을 글로 뱉어내길 바란다. 시련은 쉬지 않고 찾아온다. 신이 감당할 만큼의 시련만 준다는 말은 근거 없는 말이었다. 어른도 아이도 마찬가지다. '나다움'을 기억하면서 강철같은 마음으로 지켜내야 한다.

책 읽는 행위는 인간의 최대 강점이다. 나보다 먼저 경험한 선배들의 조언을 들을 수 있다. 고난과 시련을 책 위에 올려놓으면 놀라운 일이 일어난다.

'도와주세요'라고 말했다

이승희

　　살다 보면, 누구나 한 번쯤 시련과 고난을 마주치는 순간이 온다. 예상치 못한 어려움에 맞닥뜨리면 당황할 수밖에 없다. 당황하면 판단력이 흐려진다. 어떻게 해야 할지 막막하기만 하다. 등산하다 경험하는 환상방황(環狀彷徨)과 비슷한 상황이 펼쳐진다.

　환상방황은 짙은 안개나 눈보라, 폭우, 피로 등으로 사고력이 떨어질 때, 방향감각을 잃고 한 지점을 중심으로 원을 그리며 맴도는 상태가 되는 걸 말한다. 목적지로 가고 있다고 생각하지만 엉뚱한 곳을 빙빙 돌고 있는 것이다.

　이럴 때는 걸음을 멈춰야 한다. 현재 위치가 어디인지 파악하는 것이 우선이다. 그다음에는 안개가 걷히기를 기다려야 한다. 안개가 걷히고 나서야 어디로 가야 할지 길이 보인다.

　방황한 시간이 너무 길고 안개가 걷힐 기미가 보이지 않을 때도 있다. 자신의 위치를 파악하기도 힘들다. 그럴 땐 어떻게 해야 할까? 구조 신호를 보내야 한다.

몇 년 전 사업을 여럿 벌였다. 산양삼 판매 매장, 영양제 네트워크, 보험 판매. 한참 코로나로 몸살을 앓을 때였다. 매출은 적고 나가는 돈만 많았다. 결국 산양삼 매장을 닫고 온라인 판매로 돌렸다. 다른 건 접었다. 그다음 소설 쓰겠다고 들어앉았다. 웹소설 기획안을 보고 투자해 주신 분이 있었기 때문이다. 대학 때 문예 창작을 전공했다. 20년 자유기고가 경력도 있었다. 웹소설쯤은 쓸 수 있을 걸로 생각했다. 야심 차게 도전했지만, 뜻대로 되지 않았다. 귀농한 이후 10년 동안 글을 쓰지 않았다. 장편 소설은 처음 쓰는 것이었다.

그러면서 해리 포터 같은 작품을 꿈꾸고 있었으니 잘 될 턱이 없었다. 1년 8개월 동안 두 작품 쓰면서 우울증이 심해졌다. 좌골신경통까지 생겼다. 벽 보고 온종일 누워 있었다. 이대로 흔적도 없이 공기 중에 녹아 버렸으면. 젊을 때는 아무리 힘들어도 한두 달 헤매고 나면 다시 일어날 수 있었는데. 도무지 힘을 낼 수가 없었다. 뭘 해서 이 50대 중반 아줌마를 먹여 살리려 하나? 길이 보이지 않았다. 혼자 힘으로는 일어설 수가 없을 것만 같았다. 도움이 절실했다.

휴대전화를 열어 연락처를 훑었다. '이은대 작가님' 번호가 눈에 띄었다. 무료 강좌를 듣고 홀린 듯이 등록했던 자이언트 책 쓰기 강좌를 하는 분이었다. 이은대 작가는 강의할 때마다 "글 쓰다가 도저히 못 쓰겠다거나 살다가 힘든 일이 생기면 전화하세요." 하고 말하곤 했다.

연락하고 싶을 때 많았지만 선뜻 통화 버튼을 누를 수가 없었다. 강의는 귀에 쏙쏙 들어오게, 정신 번쩍 나게 하시는 분이지만 나긋나긋한 분은 아니었기 때문이다. '바쁠 텐데 내 얘기 들어줄 시간 있겠어.' 핑계 대면서 전화할 엄두를 내지 못했다. 하지만 이것저것 잴

때가 아니었다.

통화 버튼을 눌렀다. 띠, 띠. 신호음 소리가 유난히 크게 들렸다. "이은대입니다. 어쩐 일이신가요?" 묻는데 입이 바짝 말랐다. 더듬더듬 현재 상황을 설명했다.

"글이 너무 안 써져요. 어떻게 해야 할지 모르겠어요. 포기하고 다른 일을 찾아야 할까요?"

조용히 듣고 있던 이은대 작가가 직설을 날렸다.

"소설로 돈 벌어야 하는데 글 안 써진다고요. 실력이 없다는 얘기나 마찬가지예요. 그런데 붙잡고만 앉아있으면 아무것도 해결되지 않겠지요. 일단 일을 찾아서 하세요. 되도록 몸을 움직이는 일을 하는 게 좋겠어요."

가만히 앉아서 생각만 굴리고 있으면 영원히 그 상태에서 빠져나오지 못한다. 팔다리를 움직여 생계를 해결하고 그러면서 글을 써라. 그래야 달라진다. 듣는 내내 뼈가 아프고 시렸다.

"나 같은 전과자, 파산자, 알코올 중독자도 해냈습니다. 얼마든지 할 수 있어요. 딱 1년만 미쳐 보세요. 그래도 안 되면 그때 다시 얘기합시다."

칼날 같은 지적과 진심 어린 조언을 듣고 현실을 직시할 수 있었다. 어리석은 미련을 떨쳐냈다. 그 후, 나는 방구석에서 나올 수 있었다. 마음을 다잡고 내가 할 수 있는 일을 찾았다. 지금은 학생들에게 독서 토론논술을 가르치면서 다시 글을 쓰고 있다. 공저를 냈고 개인 저서 출간 준비 중이다. 라이팅 코치가 되어 책 쓰기 강좌를 열 준비를 하고 있다.

3년 전. 사업하면서 친구 B에게 1천5백만 원을 빌렸다. 차용증을 썼다. 기한은 1년, 매달 8% 이자도 꼬박꼬박 보냈다. 계약 만료가 지났지만 한꺼번에 갚을 수 없었다. 사정을 얘기했다. 조금만 더 기다려 주면 꼭 갚을게. 이자는 계속 넣었다. 하지만 빚 독촉이 심해졌다. 서운했다. 처음에는 친구끼리 돈거래 하는 거 아니다. 아파트가 두 채에 땅도 제법 있다. 자랑하며 갚지 않아도 된다고 하더니…….

B의 심정도 이해는 됐다. 가난한 집에서 태어나 평생 성실하게 직장 다니며 일어선 친구다. 돈 한 푼이 소중할 테지. 기다려 줄 만큼 기다려 줬다고 생각했겠지. 의지가 문제다. 갚을 수 있는데 노력 안 한다고 생각하는 것 같았다.

나중에 B는 엉뚱한 핑계를 댔다. 돈 빌려준 걸 아내에게 들켜서 곤란하다, 이혼하게 생겼다고 했다. 아내가 돈 받으러 간다고 난리라는 메시지도 왔다. 이해가 안 됐다. 울컥한 내가 못 참고 한마디 했다. 너희 부부 문제에 왜 나를 끼워 넣나. 해도 해도 너무한다. 장기라도 팔아 갚으리? 맘대로 해라.

한 달 후, 경찰서에서 전화가 왔다. 사기 고소장이 접수됐단다. 황당했다. 어쩌면 민사 소송을 할지도 모른다는 생각은 했다. 하지만 사기라니. 사기란 고의로 상대를 속였을 때 해당하는 거 아닌가.

카톡 메시지, 차용증, 이자 보낸 기록, 재산 상황을 제출하고 경찰 조서까지 받았다. 담당 경찰이 "사기죄가 성립되기는 힘들겠네요."

내가 쓰는 글이 너에게 닿기를

대답해 주었다. 경찰서에서 나오는데 속이 허했다. 주먹을 꾹 쥐었다. 다시는, 다시는 돈 빌리지 말아야지. 무슨 일이 있어도 내 힘으로 빚 다 털어버리자. 마음먹었다.

며칠 후 50년 지기 친구들이랑 1박 2일 일정으로 여행을 갔다. 저녁에 숙소에서 맥주 한잔했다. "사실, 나 그동안 마음고생 좀 했어." 사기죄로 조서 받았다는 얘기를 털어놓았다. 친구들이 화를 냈다. "기집애야. 그런 일 있었으면 얘길 해야지." 한꺼번에 B를 욕해줬다. 나는 웃기만 했다.

미숙이가 대뜸 "통장 번호 대."하고 말했다. 돈 넣어 주겠다고. 말이라도 고마웠다. 평생 손에서 일을 놓아본 적 없는 친구다. 지금도 야쿠르트 회사에 다니며 아침 일찍 나가 해 떨어지면 들어온다. 어떻게 네 돈을 받겠냐. 웃고 말았는데. 다음 날 통장으로 돈이 들어왔다. 미숙이에게 전화를 했다.

"적금 깼다. 아들 독립할 때도 안 줬던 돈이야. 열심히 일해서 갚아 주라."

가슴이 먹먹했다. 다른 말을 못 하고 "고마워. 꼭 갚을게." 그 말만 했다. 잘 살아내지 않을 도리가 없다.

시련과 고난이 닥쳤을 때 내 힘으로 극복하기 어렵다고 느낄 때. 나는 "도와주세요." 하고 말한다. 내 한계를 인정하고 자존심을 내려 놓았다. 솔직하게 있는 그대로 상황을 설명했다. 간절한 마음으로 도움을 청했다. 그럴 때마다 보답을 받았다. 다시 일어설 기회를 받았고, 귀한 조언을 얻었으며, 조건 없는 사랑을 받았다. 그 과정에서 깨달은 것이 있다.

단순히 어려운 순간을 모면하기 위해 손을 내밀었을 때는 급한 불만 끄게 됐다. 인생에 변화는 없었다. 다시는 똑같은 실수를 되풀이하지 않겠다. 내 삶을 더 나은 방향으로 바꾸고 싶다. 굳은 마음을 먹고 내민 손길에는 큰 보답을 받았다. '하늘은 스스로 돕는 자를 돕는다.'라는 말이 무슨 뜻인지 온몸으로 깨닫게 되었다. 고난 앞에서 스스로 일어서고자 의지를 다진 다음 손을 내밀면 반드시 도움의 손길을 만날 수 있다. 나는 혼자가 아니라는 것을 느끼게 된다. 그 힘으로 다시 일어설 수 있다.

바꿀 수 없는 일을 포기하는 용기

임주아

　　세상에는 바꿀 수 있는 일과 없는 일이 있습니다. 노력해서 달라진다면 매진해서 바꾸면 되겠지만, 공들여도 달라지지 않는 일이 있다면 마음을 바꾸어야 합니다. 태어나기 싫었어도 이미 태어났고, 부유한 집에서 자랐으면 좋았겠지만 내 선택이 아니었으며, 작은 키의 유전자를 바꿀 수 없는 것처럼 어쩔 수 없는 일이 있습니다.

　바꿀 수 없는 일에 매달려 시간과 에너지를 낭비하기보다 바꿀 수 있는 일에 초점을 맞추어야 합니다.
　저는 조산원에서 태어나자마자 부모에게 버림받은 이유로 친부모를 전혀 알지 못합니다. 찾고 싶어서 수소문해 보았으나 알아볼 방법이 없었고, 법적인 근거 역시 아무것도 남지 않아 제가 할 수 있는 일이 없었습니다. 경찰의 도움을 받아 유전자 검사도 해 보았지만, 끝끝내 찾을 수가 없었지요. 제가 최대한 해 볼 수 있는 일은 모두 해 보았기에 받아들일 수밖에 없었습니다. 미련이 남지 않는다면 거짓

말이겠지만, 할 수 있는 최선을 다했기에 더 이상 에너지를 쏟지 않기로 했지요. 그마저 최근의 일입니다.

기억 없는 유아기 때의 기록으로 입양과 파양이 남아있습니다. 3살 때, 가난하고 나이 많은 홀어머니에게 입양되어 근근이 밥만 먹고 살았습니다. 초등학생 때, 준비물을 사지 못해 선생님께 혼나고 교실 뒤에서 손들고 있어야 하는 날이 많았습니다. 동네 사람들에게 물려 입은 옷이 제대로 맞지 않아, 반소매 사이로 가슴이 보인다며 남자아이들에게 수모를 겪기도 했습니다. 제가 중·고등학교 다닐 때는 의무교육 지원이 되지 않았습니다. 분기마다 지급해야 하는 등록금을 제때 내지 못해서 전전긍긍했습니다. 보일러가 없는 집에서 연탄가스를 마시는 아찔한 사고를 두 번이나 겪기도 했습니다. 중학교 2학년 때, 찬 바닥에서 자다가 안면마비가 오고 말았습니다. 이런 일들은 제가 어떻게 할 수 없는 저의 환경이었습니다.

설상가상, 사춘기가 겹쳐 신세 한탄하고 우울함에 빠져 비관하기에 바빴습니다. 저에게 일어난 일들은 몸과 마음에 큰 상처를 남겼습니다. 안면마비를 겪은 시기부터는 우울함이 극도로 치솟았고 죽어야겠다는 생각만 머릿속에 가득했습니다. 눈물을 흘리지 않은 날이 없었고, 저를 버린 친부모를 원망하며, 세상에 태어나게 한 신을 원망했습니다. 죽고 싶었습니다. 어떻게 죽을지 몇 날 며칠을 고민했지만, 생각 끝에 저에게는 죽을 용기마저 없다는 사실을 알았습니다. 억울했습니다. 잘못한 사람은 따로 있는데 내가 왜 죽어야 할까. 그 죽을 용기로 세상을 살아가겠다고 마음먹었습니다.

절망에 빠져 살기엔 저의 삶이 너무 가여웠습니다. 실망하는 시간

내가 쓰는 글이 너에게 닿기를

만 보낼 수 없었습니다. 할 수 있는 일은 최선을 다해 노력했고, 할 수 없는 일들은 미련 없이 버리기로 했습니다. 그랬더니 우울하게만 느껴졌던 환경이 조금씩 다르게 보였습니다. 스스로 할 수 있는 일에 집중하면서 희망을 갖기 시작했습니다. 제가 겪었던 그 과정을 세 가지로 정리해 봅니다.

첫째, 내가 바꿀 수 있는 일인가? 없는 일인가? 먼저 따져봐야 합니다. 부모에게 버림받고 가난한 집안에 입양된 것은 제가 어떻게 할 수 있는 일이 아니었습니다. 바뀌지 않는 환경을 받아들였습니다. 그 안에서 조금이라도 나아질 방법은 무엇일지 생각하니 오히려 마음이 편해졌습니다. 저의 상황을 직시하고 조금이라도 나아갈 길에 관심을 가지니, 노력할 마음이 생겼습니다. 현재 상태를 직시하고 수긍하는 것부터 시작되었습니다. 도움이 될 방법을 생각해 볼 수 있었습니다. 인정하는 순간, 노력해야 할 일이 생겼습니다.

둘째, 바꿀 수 없는 일에는 초연하게 대처해야 합니다. 어쩔 수 없는 일로 남들과 비교하고, 자신을 비난하거나, 자신을 부정하는 일은 삼가야 합니다. 나의 잘못이 아닌데 불평불만을 표출하고 비관하고 비하하며 자신을 바닥으로 내던지는 행위를 해서는 안 됩니다. 저 또한, 부정적인 생각만 하다가 우울증과 무기력만 심해졌습니다. 스스로 아프게 하는 일을 멈춰야 합니다. 어떤 상황에서도 좋은 일이 올 거라는 희망을 품어야 합니다. 총량의 법칙이라는 말을 들어본 적이 있지요? 불행과 행복의 양은 정해져 있다고 합니다. 지금껏 불행했다면, 이제부터는 행복한 일만 남아있을 겁니다. 당장 힘들어 죽겠는데 무슨 소리 하냐고 말할 수 있을 겁니다. 과거의 저 역시 그랬습니다. 그런데요. 제가 어려운 시기를 지나온 사람으로서 직접 겪어보니 맞는 말인 것 같습니다. 큰 좌절과 불행 뒤에 더 큰 행복이 기다리고 있습니다. 해가 뜨기 전이 가장 어둡다고 했습니다. 불평할 시간에 인생을 정면으로 맞닥뜨리고 직시해서 나아갈 길에 집중해야 합니다. 그것이 내가 나에게 주는 가장 큰 선물임을 잊지 말아야 합니다.

셋째, 감정에 휘둘리더라도 다시 평정심을 찾으려 노력해야 합니다. 지쳐서 쉬어 가더라도, 서투르고 느리더라도, 포기하지 않고 나아가야 합니다. 부정적인 생각에 빠지지 않겠다고 결심해도 불평불만 나올 수 있습니다. 우리는 인간이기에 완벽하지 않은 것은 당연한 일입니다. 그러니 크게 자책할 이유가 없습니다. 그럴수록 긍정을 놓지 말고 희망을 선택하려는 노력을 반복적으로 해야 합니다. 나의 삶, 내가 끝까지 책임져야 합니다. 포기하지 말아야 합니다. 긍정과 희망을 장착하는 연습을 꾸준히 습관으로 만들어야 합니다. 미래의 행복한 나의 모습을 상상하면서, 그렇게 되려면 무엇을 해야 하는지 내가 할 수 있는 일에 집중하면서 희망을 놓지 말아야 합니다.

방황하던 청소년기에, 아무도 말해주는 이가 없어서 부정적 감정에 뒤덮여 살았습니다. 성인이 되어 정신 차리고 과거를 돌아보니 허비한 시간이 길어 안타까웠습니다. 하지만 어쩌겠습니까. '이제부터라도 정신 똑바로 차리고 살 테다!' 마음먹고 살아야지요. 늦지 않았습니다. 다시 시작하면 됩니다. 하나뿐인 내 인생, 내가 책임지겠다고 달려들면 못 할 일이 없습니다.

스스로 자신을 지켜내야 합니다. 나를 지켜내는 힘은 내 안에 있습니다. 세상에서 내가 나를 제일 잘 알고, 나의 감정을 가장 잘 이해하기 때문입니다. 자신이 생각하는 길로 잘 가고 있는지 안테나를 켜고 주시하며 스스로 정한 길로 걸어가야 합니다.

현재 상황을 직시하고 바꿀 수 있는 일과 없는 일을 구분하는 것부터가 시작입니다. 마음에 긍정을 장착하고 희망으로 나아간다면 우리는 자신을 지킬 수 있습니다. 이제 나아가는 길만 남았습니다. 쉬어 가더라도, 천천히, 한 발 한 발 내딛는 걸음마부터 시작해 보시기를 응원합니다.

고통을 피하는 방법

장진숙

　　　　　몸이 변신 로봇 같았습니다. 머리와 몸통, 다리가 착착 위치에 맞게 조립되면, 자동차가 되는 로봇 말입니다. 최근 직장에서 동료와 언성을 높였던 일로 속상했던 마음과 엄마의 인공 관절 수술에 대한 염려와 같이 이런저런 걱정이 쌓여 몸이 아팠습니다. 조립할 때마다 소리가 나고, 조금만 움직여도 부러질 것 같은 로봇처럼 느껴졌습니다. 몸이 아프니 작은 것 하나도 버겁습니다. 걱정과 긴장이 커지는 만큼, 억지로 몸통과 다리가 힘껏 돌아간 것 같았습니다. 조금만 더 힘을 주면 한쪽이 끊어져 튕겨 나갈 것처럼 팽팽합니다.

　이런 상황을 벗어나기 위해 무엇을 해야 할까요?

　정답은 없겠지만, 제가 지금까지 경험했던 고통을 벗어나게 했던 방법을 몇 가지로 정리해 보았습니다. 이 방법을 알게 된 시기가 뒤죽박죽이라 실제 적용한 순서는 다릅니다. 앞으로 다가올 고통의 순간, 이런 순서로 하면 더 잘 벗어날 수 있을 것 같습니다.

　　　　　　　　　　　　　　내가 쓰는 글이 너에게 닿기를

1단계. 지금, 현재 받아들이기입니다. HERE & NOW. 몇 년 전부터 많이 들은 말입니다. 그런데 저는 미래만 보고 살았습니다. 시간만 지나면 원하는 대로 변해 있을 거라 믿었지요. 현재의 삶은 있으나 마나 하다고 무시했습니다. 그런데, 5년, 10년이 지나도 저는 거기에 그대로 있었습니다. 직장에서 업무에 허덕이는 것, 돈으로 걱정하는 것, 꿈꾸던 성과가 없어 실망하던 것은 여전했습니다. 갈수록 나빠지는 것 같았습니다. 아래로 더 내려갈까 불안했습니다. 누군가 올라갈 길을 막아버릴 것만 같았거든요. 그러다 알게 되었습니다. 현재의 행복을 놓치고 있다는 것을 말입니다. 내가 처한 상황을 냉정하게 보니 오히려 마음이 더 차분해졌습니다. 그리고 비로소 보였습니다. 현재를 충실히 살아야 꿈과 가까워질 수 있다는 사실을요. 현재에 대한 이해가 없이 무언가 한다는 것은 기초공사 없이 집 짓는 행위와 같습니다. 기초가 약한 집은 아무리 화려하고 아름다워도 바람에 무너질 수 있습니다. 흔들리지 않는 삶을 살기 위해서는 현재를 온전히 받아들이는 것부터 시작해야 합니다.

2단계. 좋아하는 에너지 가득, 마음 잡기입니다. 마음이 약해졌을 때 먼저 좋아하는 에너지로 주위를 채웁니다. 책, 그림, 명상, 음악 좋아하는 것이라면 다 좋습니다. 저는 황금빛 노란색을 특히 좋아합니다. 미소 짓게 하여 즐겁고 행복한 기분을 느끼게 하기 때문이죠. 황금빛 노란색이 나를 감싼다고 상상하면 안전하고 따뜻한 느낌이 들어 몸의 긴장도 풀립니다. 또, 좋아하는 책과 그림을 옆에 두고 자주 봅니다. 누군가 나의 죄책감을 건드리거나 실수를 상기시키는 일이 있으면 노란 달항아리가 나를 감싸는 상상을 합니다. 그렇게 자석이 철을 끌어당기듯, 흩어져 있던 희망의 조각들을 끌어모아 나를 세웁니다. '나도 할 수 있을까' 하는 의심에서 '나도 할 수 있을 거야' 를 거쳐 '나는 할 수 있어'라고 확신합니다.

3단계. 결심하기입니다. 결심은 할 일에 대하여 어떻게 하기로 마음을 굳게 정하거나 그런 마음을 말합니다. 결심은 아주 단순합니다. 그래서 무언가를 하기로 결심하면 실패의 가능성을 생각하지 않아야 합니다. 지금까지 많은 결심을 했었고 성취하지 못한 것에 실망했습니다. 그런데 내가 한 결심들에 최선이 없었습니다. 결심 뒤에 항상 실패에 대한 두려움으로 차선책을 궁리했었습니다. 대충하고 성공하기를 바랐습니다. 다행히 무조건 해야 한다고 생각하며 시작한, 한 페이지 이상 독서와 명상을 2023년부터 매일 하는 것을 보면 이건 올바른 결심이었던 것 같습니다. 이제 결심의 의미를 잘 알게 됐습니다. 결심하는 순간 자동프로그래밍의 전원을 올린다고 생각하기로 했습니다. 오롯이 결심한 일만 생각합니다.

4단계. 결심 실행하기입니다. 결심만으로 변화는 이뤄지지 않습니다. 결심은 실행해야 의미가 있습니다. 결심했으면 그것을 이루기 위한 실행방법을 찾고 행동으로 옮겨야 합니다. 2023년 목표로 개인 저서를 출간하겠다고 블로그에 300여 일 기록했습니다. 그런데 개인 저서는 변화가 없었습니다. 개인 저서는 안 쓰고 말만 했던 것이지요. 지금도 개인 저서를 '쓰지 않은 일'을 생각하는 것만으로도 가슴에 돌이 내려앉는 것 같습니다. 2024년 2월부터 본격적으로 개인 저서를 쓰려고 합니다.

5단계. 결심, 습관으로 만들기입니다. 굳은 결심을 하고 꾸준히

　　　　　　　　　　　내가 쓰는 글이 너에게 닿기를

실행한다면 습관으로 만들 수 있습니다. 그런데 실행하던 흐름이 한 번 깨지면 다시 시작하고 유지하기가 어렵습니다. 이때 작심삼일이 쌓여 몸이 기억할 수 있도록 해야 합니다. 다시 시도할수록 결심을 유지하는 기간을 계속 더 늘려야 합니다. 무언가를 시작하는 데는 많은 에너지가 필요합니다. 그래서 작심삼일의 마법만 믿다가는 에너지 부족으로 포기하기 쉽습니다. 변화를 유지한다는 것은 긴장이 필요하기에 늘어져 있는 시간이 더 달콤하게 느껴집니다. 꾸준함은 몸이 그 행동을 기억하게 새기는 것으로 성공의 열쇠이기도 합니다. 꾸준히 하기 위해서는 하고 싶은 마음이 들고 재미를 붙일 수 있는 습관으로 만드는 것이 좋습니다.

2023년 토끼해를 맞이하여 토끼와 소녀를 주로 그리는 김한나 작가가 출시한 일력을 샀습니다. 명상이 끝나는 시간, 일력에 타임스탬프를 찍고 그 시간을 기록했습니다. 명상한 시간이 그림과 함께 남게 된 것입니다. 블로그에 300여 장의 일력이 모였습니다. 꾸준히 블로그에 올릴 수 있었던 원동력은 매일 바뀌는 그림을 보는 재미와 블로그에 쌓이는 글이 더해 갈수록 뿌듯함이 가득했기 때문입니다.

모든 것을 포기하고 싶었던 순간이 있었습니다. 시험에 도전했는데 계속 실패할 때, 회사에서 다른 사람들은 한가해 보이는데 나는 도저히 감당하지 못할 업무에 일이 더해졌을 때입니다. 성취하기 위해 힘내야 한다는 것을 알았지만 몸과 마음은 생각대로 되지 않고 힘들었던 적이 많았습니다. 내가 할 수 있는 것은 누워서 누군가를 원망하며 하염없이 눈물을 흘리는 거였습니다. 왜 이런 고통을 주는지 부모님을 원망하고, 부모님을 결혼할 수 있도록 소개해 준 사람을 원망하고 나를 태어나게 한 하늘을 원망했습니다. 방법을 몰라 그 시간을 그냥 견뎌야 했습니다.

고통의 순간이 싫었습니다. 피하고 싶었습니다. 그래서 변하기로 결심하니 현재의 내가 보였습니다. 현재의 나를 받아들일 수 있었습니다. 서툴지만 애쓰는 모습이 애처롭고 사랑스럽습니다. 계속 나만의 사랑스러운 모습을 새롭게 찾아갑니다. 내가 좋아하는 것들로 나를 가득 채우니 할 수 있다는 용기도 생겼습니다. 단단한 마음을 먹고 실행하고 꾸준히 하니 이것들이 습관이 됐습니다. 이렇게 나는 흔들리지 않는 단단한 뿌리를 만들어 가고 있습니다. 앞으로 많은 비바람이 나를 기다리겠지만, 흔들려도 끝까지 살아남는 나무가 되려고 합니다.

내가 쓰는 글이 너에게 닿기를

가까스로 다시 일어서는 마음

정가주

"어떻게 이런 끔찍한 일이 일어날 수 있는 걸까요? 눈물이 나서 속눈썹이 얼어붙었습니다."

아픈 엄마를 대신해 공작 부인에게 드레스를 가져다줘야 하는 아이린은 집을 나섰습니다. 추운 겨울날이었어요. 숲을 지나고 있는데 눈이 오기 시작했습니다. 바람도 심하게 불었고요. 눈바람을 헤치고 드레스 상자를 꼭 쥔 아이린은 점점 힘이 빠집니다. 눈길에 미끄러지고 손에 든 드레스 상자는 바람에 날려 저 먼 곳으로 날아가 버립니다. 엄마와의 약속을 꼭 지켜야 하는데, 아이린은 공작부인의 집까지 무사히 갈 수가 있을까요?

아이들에게 자주 읽어주었던 그림책, 윌리엄 스타이그의 《용감한 아이린》이야기입니다. 아이들이 푹 빠져 듣는 이야기에는 공통점이 있습니다. 평범한 주인공이 중간에 위기를 맞이하고 어려운 순간에 빠집니다. 힘든 일을 겪으며 끝까지 헤쳐가는 조마조마한 상황이 펼

처지죠. 마음을 졸이며 다음 장을 넘길 때마다 한숨을, 때로는 화를 내며 이야기에 몰입합니다. 맨 마지막에는 행복한 주인공의 모습이 보입니다. 위기를 극복하고 난 뒤 달콤한 일상을 보내며 끝이 나는 이야기를 아이들은 흐뭇한 마음으로 감상하곤 하지요. 그림책 속 이야기처럼 우리 삶도 마냥 편안하게만 흘러가지는 않습니다.

이십 대, 한창 좋을 나이 가슴 활짝 펴고 살지 못했습니다. 뭘 해도 '난 부족해.'라는 열등감을 안고 있었어요. 남부럽지 않은 가정 환경에서 살다가 순간 나락으로 떨어진 것 같은 느낌이 들었습니다. 고등학교 때 부모님은 매일 심하게 싸웠습니다. 하루가 멀다 큰 소리가 오가는 집에서 살기가 싫었어요. 매일 아침 축 처져 쪼그라든 마음으로 등교하고 친구들과 잘 어울리지도 못했습니다. 쉬는 시간에는 혼자 엎드려 조용히 눈물을 훌쩍이고, 종이 치면 아무렇지도 않은 듯 일어나 공부했습니다. 누구에게도 마음 편하게 말하는 성격이 아니었어요. 속으로 끙끙 앓듯이 청소년기를 보냈습니다. 가정 형편도 점점 안 좋아져 이사를 자주 다녔습니다. 아파트에서 빌라로 옥탑방으로 반지하로.

어느 날 퇴근해서 계단을 오르는데 5층 아줌마가 현관문을 열고 말하더군요.

"아니, 멀쩡한 처녀가 왜 저 위로 올라가? 저기에서 어떻게 살아?"

아무 말도 하지 못하고 옥탑방으로 향했던 이십 대의 제 모습이 생각납니다. 물탱크가 윙윙 큰 소리를 내며 돌아가는 옥탑에서 누군가가 산다는 게 이상해 보였겠지요. 여름에는 뜨거운 햇볕에 방 전

내가 쓰는 글이 너에게 닿기를

체가 찜통이었고 천장이 낮아 허리 펴고 다닐 수도 없었습니다. 밖에 나가면 다른 사람 눈치 보고 분위기를 맞추며 살았어요. 내 마음을 돌보지 않고 나보다 나아 보이는 사람들을 부러워했습니다. '열심히 살다 보면 괜찮아지겠지.' 막연한 기대만 품고 살았습니다. 갈팡질팡 중심을 못 잡고 이리저리 휘둘리며 지냈습니다. '나'라는 알맹이는 없고 오직 '타인'이 기준이 되어 살았던 이삼십 대. 지나고 나서 생각해 보니 그때 소중한 것을 놓치고 살았던 것 같습니다.

자주 넘어지고 우울했습니다. 살고 싶지 않을 정도로 내가 싫었어요. 남들은 다 잘살고 있는 것 같은데 왜 나만 이 모양, 이 꼴일까. 부모님을 원망하고 나를 미워했습니다. 사람들을 만나지 않고 혼자 있는 시간이 많아지면서 이것저것 두리번거리는 시간이 많아졌습니다. 밖으로 돌리던 시선을 내 안으로 돌려 나를 보기 시작했습니다. 교보 문고에 가서 몇 시간씩 책을 보는 시간이 많아졌어요. 아무도 방해하지 않는 혼자만의 시간. 혼자 있는 시간을 즐기게 된 것은 아마 책방에서의 편안하고 고요한 순간을 좋아했기 때문이 아닌가 생각합니다. 외국 패션 잡지부터 그림책까지. 수많은 책 중에서 마음이 가는 책을 골라 느긋하게 감상하는 시간을 가졌습니다. 서점에서 머무는 시간이 많아질수록 좋아하는 책 취향이 생겼습니다. 책을 읽으며 밑줄 긋는 순간이 소중해졌습니다. 결혼하고 첫 아이를 낳았을 때 그림책으로 태교했습니다. 색이 고운 그림책만큼 아이의 마음도 곱고 예쁘게 자라기를 바랐습니다. 나를 일어나게 한 힘은 이야기입니다. 이야기에는 힘이 있습니다. 수많은 역경을 극복하고 행복하게 살게 된 평범한 주인공들의 이야기. 이야기에서 나를 보고, 우리를 봅니다. 매일 아이와 읽은 그림책 한 권, 힘들 때마다 나를 일으켜 세운 자기 계발서, 나와 비슷한 일상을 살고 있는 이웃집 언니가 쓴 것 같은 에세이, 때로는 이해하기 어려운 낱말의 나열 같지만 곱씹어 보면 무릎을 딱 치게 만드는 문학 작품들, 나를 위로하는 아름다운 미술책 속 그림. 이야기를 읽고 느끼며 오늘 살아갈 힘을 얻습니다. 한없이 약해지고 슬퍼질 때 나는 다시 이야기의 힘으로 일어섭니다.

그림책 《무릎 딱지》를 쓴 프랑스 작가 클로드 퐁티는 말합니다.

"시도해 보고, 감탄하고, 실패하고, 수정하고, 배우고, 다시 해 보면서 변화하는 존재가 사람입니다. 아이에게든 어른에게든 산다는 건 예측 불가능한 난관을 통과하는 과정이고, 우리는 언제든 그 과정에서 배우고 수정하고 진화할 수 있습니다."

살면서 실패하고, 넘어지는 건 어쩌면 당연한 일인지도 모릅니다. 당연함을 받아들이고 다시 일어설 때 우리는 성장합니다. 우리는 모두 이야기가 있습니다. 내 안에 품고 있는 이야기를 그냥 꺼내기만 하면 됩니다. 두렵고 망설였지만 한 발짝 앞으로 나아간 이야기, 하다가 중간에 포기한 이야기, 울고 싶었던 순간 힘을 준 이야기, 실패하고 주저앉아도 다시 일어선 이야기, 상상하며 꿈꾸는 이야기. 타인의 이야기를 읽고 공감할 때, 내 이야기를 꺼내 들려줄 때, 다시 시작할 힘을 얻습니다.

힘이 들 때 아이린의 용기를 생각합니다. 넘어지고 포기해야 할 것 같은 마음이 들 때 한 번 더 시도하는 마음을 생각합니다. 가까스로 다시 일어서는 마음입니다. 끝까지 내가 원하는 목적지를 그리며 앞으로 나아가는 용기를 가지고 싶습니다. 드레스를 공작 부인에게

내가 쓰는 글이 너에게 닿기를

전달하고 따뜻한 집으로 돌아온 아이린은 이제 웬만한 어려움은 거뜬하게 이겨낼 수 있겠지요? 나만의 이야기를 완성하겠다는 마음으로 오늘 하루 살아보면 어떨까요? 오늘 어떤 이야기가 여러분을 기다리고 있나요.

인생이 주는 가장 큰 선물

정인구

　　　　　인생이 주는 가장 큰 선물은 '돕는 인생'입니다. 삶이 힘든 시기일수록 '돕겠다는 마음'을 품고 살면 그 마음이 우리를 구원합니다. 힘들 때 구름 뒤에 있는 태양을 생각하라고 합니다. 구름 속에 갇히면 그 상황에 매몰되어 태양이 생각나지 않습니다. 구름 속을 벗어나는 방법은 빛을 보는 것입니다. 그 빛이 남을 '돕겠다는 마음'입니다. 이 마음이 인생의 가장 큰 선물입니다.

　24세, 9급 공무원으로 임용되었습니다. 관리부서 회계 담당으로 근무하게 되었습니다. 선임은 중학교 10년 선배였지요. "와~ 너는 40대에 서기관(4급) 무조건 달겠다."라며 나에게 기대가 컸지요. 그 말을 듣고, 노트를 펼쳐 8급, 7급, 6급, 5급, 4급까지 승진 목표를 기록했습니다. 최종 목표는 45세에 '서기관 승진, 부산우체국장'으로 공직을 마무리하는 것이었습니다. 결혼 상대는 키 165㎝, 긴 생머리에 허리는 가냘프고, 콧날이 오뚝하고, 입술은 작고, 애교가 많은 여성으로 정했습니다. 아내는 이 조건에 맞는 게 하나도 없습니다. 노후는 공무원 연금으로 행복한 삶을 살겠다고 미래 꿈을 설계했었지요.

주임으로, 팀장으로, 계장으로 승진했습니다. 계획한 대로 착착 진행되었지요. 일찍 출근해서 과장, 선임자들 책상 닦고 청소하고, 제일 늦게 퇴근했습니다. '부산체신청 100년사' TF팀장으로 사료 편찬을 완수했습니다. 2004년 아세안 텔레콤, 2005년 APEC 누리마루 정상회담 등 굵직한 국제행사에 동원되어 성공적으로 수행했습니다. 장관, 차관업무보고서 작성 등 회사에서 비중 있는 일을 했고 자부심도 컸습니다.

별명은 '꾀돌이'였습니다. 여러 개 장부를 하나로 통합하는 등 아이디어맨으로 통했습니다. 아이디어가 채택되어 호봉이 2단계 승급되기도 했습니다. 공무원 중앙제안에서 대통령상을 수상, 사무관(5급) 특별승진 대상이 되었습니다. 국무총리 표창, 장관 표창 6개, 회사에서 주는 최고상 '자랑스러운 우정 인재상 대상'을 수상하는 등 상복이 터졌지요. 좋은 일만 가득 넘칠 것만 같았습니다.

매년 10월이면 사무관 승진심사가 있습니다. 제안채택으로 '특별승진' 할 거라 믿었지요. 미리 축하하는 직원도 있었습니다. 이변이 없는 한 제안 입상자는 승진하는 게 관례였지요. 표정 관리하면서 발표날만 기다렸습니다. 승진 발표날, 교통사고로 차가 정체되어 사무실에 출근 시각이 임박하게 도착했습니다. 왠지 불길한 예감이 들고, 종일 기분이 찝찝했습니다. 퇴근 시간까지 10년처럼 느껴졌습니다. 퇴근 시간이 넘어 퇴근 준비하고 있을 무렵, 문서접수 직원이 "와! 사무관 승진 발표 났다~"고 소리를 지르더니 이내 말꼬리가 흐려지고, 내 눈을 피했습니다. 승진자 명단에 제 이름이 없었습니다.

뚱한 표정으로 화장실로 가는 데 다리가 휘청거렸습니다. 화장실 변기통에 앉아 한참을 있었습니다. 마음을 추스르고 사무실로 오니 과장이 불렀습니다.

"정 계장! 우짜노? 내년에 또 기회가 있으니까, 술이나 한잔하러 가자!"

직원들이 위로하며 권하는 술이나 말은 위로되지 않았고, '왜 떨어졌는지?' 의문만 계속됐습니다. '축하주'면 몰라도 '위로주'는 직원들도 죽을 맛입니다. 소매를 잡고 한 잔 더 하자는 동료를 뒤로하고 택시 안에서 본부 지인한테 전화했습니다. "정상 승진하고 경력 갭이 4년 넘게 차이 나서, 올해 제안 입상자는 승진 불허방침을 정했다." 고 했습니다. '하필이면 왜? 올해 방침이 바뀐단 말인가?' 본부를 원망하며 밤새 술을 마셨습니다.

이후 2차, 3차, 4차 내리 4년 동안 승진 낙방했습니다. 내 입에서는 짜증, 불평불만, 원망, 회사 욕, 상사 욕, 폭언 등 부정적인 말이나 생각이 일상이 되었지요. 내가 하는 말과 생각이 나의 정체성이 된다는 걸 그때는 몰랐습니다. 모든 걸 삐딱하게 보는 습성이 생겼습니다. 사람들이 하나, 둘 점점 나와 함께 하는 것을 싫어하는 눈치였고, 그럴수록 술병은 늘어만 갔습니다. 하루도 술을 마시지 않으면 잠을 잘 수가 없었습니다. 새벽 2시~3시, 무슨 독립운동하는 사람처럼 일관성 있게 집에 들어오는 남편을 좋아할 리 없겠지요.

"집이 잠만 자러 오는 하숙집이가? 그러려면 왜 나와 결혼했나? 술집과 결혼하지……."

아내와 다투는 일이 잦아졌고, 나를 이해 못 하는 아내가 미웠습니다.

여느 때와 같이 술에 취해 집으로 왔는데, 식탁 위에 '나, 찾지 마라' 다섯 글자만 남겨두고 아내가 집을 나갔습니다. 종이를 쫙쫙 찢어 거실에 날렸습니다.

"이 여편네가 집을 나가? 들어오기만 해 봐라!"

냉장고에서 소주병을 꺼내서 마시다가 식탁에 꼬꾸라져 잤습니다.

아내가 없으니, 삶이 더 무질서해졌습니다. 아침에 일어나면 머리가 빠개질 듯 아팠고, 젖 먹는 아이처럼 수도꼭지를 입에 물고 한참 있다가 꼭지를 잠갔습니다. 이런 날이 지속되었지요. 어느 토요일 11시쯤 욕실 세면장에 갔습니다. '헝클어진 흰머리, 푹 팬 주름, 베개 자국 있는 심술궂은 노인'이 째려보고 있었어요. 하마터면 괴성을 지를 뻔했습니다. 수돗물을 두 손 가득 닮아 거울에 뿌리고 수건으로 닦았습니다. 아무리 봐도 내가 아닌 나였지요. 지난 삶이 원망스럽고, 후회되었습니다. 어느새 나는 55세가 되어있었습니다. '나, 찾지 마라', 다섯 글자를 남기고 집을 나간 아내는 다섯 달 만에 집으로 돌아왔습니다.

2017년 6월 30일 술을 먹지 않겠다고 '금주 선언문(술 마시는 걸 보는 사람에게 1천만 원을 현금으로 지급한다는 내용)'을 작성하고 술을 끊었습니다. 자기계발 관련 교육은 닥치는 대로 수강했습니다. 부산에서 서울행 열차 어느 칸에 콘센트가 있고, 화장실이 가까운지 객실을 훤히 꿰뚫을 정도로 자기계발비로 투자했습니다. 배우는 사람들은 한결같이 열정이 넘치는 사람들이었고, 자신의 욕심보다 남을 돕는 사람들이 많았습니다. 모르는 것을 물으면 상세히 알려주었고, 묻지 않는 것까지 아낌없이 나누어 주었습니다. 나만 위해 살았던 '투덜이' 흙빛 인생에서 나는 점점 돕는 인생으로 변해갔습니다. 술잔 대신 책을 들었고, 독서 모임을 만들면서 내가 아닌 남을 위한 삶을 살겠다고 다짐했습니다.

'이웃의 의미 있는 성공과 행복을 돕는 삶'으로 비전을 정했지요. 회사를 옮길 때마다 독서 모임을 만들고, 내가 배운 것을 직원들에게 가르쳐주기 시작했습니다. 회사 분위기도 좋아지고 사업실적도 덩달아 좋아졌지요. 의령우체국장으로 근무할 때는 '우체국 작은 대학'을 만들어 지역주민에게 블로그, 유튜브, 웃음 치료, 댄스 교실, 영상 편집, 독서 등 무료 강좌를 만들어 운영했습니다. 과일 등 농작물을 블로그 올려 주는 등 지역주민들과도 친하게 지냈습니다. 내 인생은 점차 '돕는 인생'으로 변해가고 있었습니다.

영업과장이 헐레벌떡 국장실로 뛰어 들어왔습니다. 뭔가 사고가 터졌음을 감지했습니다. 숨을 고르던 과장이 말했습니다.

"국장님, 서기관으로 특별승진했습니다."

믿기지 않아 본청 인사 부서에 문의하고서야 확신할 수 있었다. 최단기간 5년 만의 승진! 그것도 본부나 본청이 아닌 우체국에서는 승진하는 것은 전무후무한 일이었습니다. 5급 승진 안 된다고 애를 쓰고, 회사와 상사를 원망하며 온갖 욕을 퍼부었는데, 미안한 생각이 들었습니다.

　　　　　　　　　　내가 쓰는 글이 너에게 닿기를

24세 입사, 45세 서기관으로 승진하겠다던 나의 꿈은 50대 후반에서야 이루어졌습니다. 감사한 일은 불평불만 가득한 내가 '돕는 인생'으로 변했다는 사실입니다. 힘들고 어려웠던 시기, 내 인생에 좋은 일은 더 이상 없을 것으로 생각했습니다. '대통령 표창, 국무총리, 장관 표창 등' 화려한 스펙으로 교만이 하늘 높은 줄 몰랐습니다. 나만 생각하는 불평불만 덩어리, 이기적인 삶이 남을 '돕는 인생'으로 마음이 바뀌었습니다. 요즘 신나고 웃는 삶을 살아가고 있습니다. 나뿐만 아니라 내 주변 사람들도 그런 사람들로 가득합니다. 인생에서 가장 큰 선물은 '돕는 인생'입니다. '남을 돕겠다는 마음'이 축복이고 행복이라는 사실을 잊지 않았으면 좋겠습니다.

도망쳐서 도착한 곳에도 지상낙원은 없다

황상열

"너무 힘들어서 그만두겠습니다."

"뭐가 그렇게 힘든데? 일이 많아서?"

"일도 많고, 여기 있으면 너무 스스로 피폐해지고 우울합니다. 좀 쉬고 싶습니다."

"너만 힘들어? 다들 버티면서 사는데 왜 그래? 나가!"

일도 많았다. 사람에게서 받는 스트레스가 엄청났다. 매주 자료를 힘들게 작성해서 가져갔다. 돌아오는 것은 인신공격이다. 자료 내용을 검토하고 무엇이 잘못되었다고 지적받으면 오히려 양반이다. 그저 갑의 위치에 있다고 해서 을을 그렇게 무시하고 욕까지 하는 것은 참을 수 없었다. 그렇게 6개월 동안 몸과 마음이 지쳐갔다. 우울증이 심해졌다.

딱 10년 전 다녔던 회사 이야기다. 그래도 먹고 살아야 했기에 나름대로 열심히 참고 일했다. 그러나 내 안에서 계속 곪아 터지기 시작했다. 더 이상 버틸 수 없는 상황이 되자 무기력해졌다. 어차피 자료를 작성하여 가져가도 또 욕을 먹을 상황인데, 대체 어떻게 이 사태를 해결해야 할지 막막했다. 결국 사표를 내고 그만두었다. 다시 새로운 회사로 옮겼다.

그 회사에서 상사는 매일 아침 2시간 동안 지적했다. 검토한 내용은 보지 않고, 글씨체가 이상하다느니 위아래 여백이 차이가 왜 이리 많이 나는지 등으로 혼이 났다. 여기도 왜 이럴까 하면서 몇 개월 다니다가 또 사표를 냈다.

나름 학교에서 공부 잘한다는 소리를 들으면서 자랐다. 모범생이란 단어가 싫지 않았다. 사회가 정해놓은 기준대로 잘 지키면서 사는 것이 성공이라 여겼다. 그 틀에서 벗어나면 스트레스를 받았다. 어떻게든 정답을 지키는 것이 최선이라 생각했다. 그것이 실제 현실 학교가 알려준 가르침이었다.

그 방식을 고수하면서 살다가 30대 중반 인생의 풍랑을 만났다. 조금씩 틀에서 벗어나 돌아가긴 했지만, 사회가 만든 기준에 맞추어 살았는데, 처음으로 인생의 정답에서 벗어났다. 내가 생각하고 의도한 대로 인생이 바뀌지 않았다. 한 개의 정답만 알고 살아온 나로서는 답답하고 괴로웠다. 어떻게 해야 할지 몰랐다. 고난의 시작이었다.

30대 중반을 지나 마흔으로 가는 길목에서 다시 질문을 던졌다. 정답밖에 몰랐던 나는 앞으로 어떻게 살아야 할까? 지금 나는 잘 살아가고 있는 것일까? 먹고 사는 문제를 앞으로 어떻게 풀어야 할까? 등등 질문은 생각의 꼬리를 물었다. '고난' 또는 '결핍'이라는 학교에 입학하게 된 것이다. 이 학교에서 다시 진짜 인생 공부를 조금씩 하게 되었다. 공부 도구는 독서와 글쓰기였다.

'고난'과 '결핍'이란 학교에서 나는 다시 신입생이 되어 책을 읽고 글을 쓰면서 진짜 인생에 대해 알게 되었다. 한 개의 정답만이 아닌 다양한 해답을 찾아 자신만의 인생을 찾아가는 것이 진짜 인생이라는 사실을 깨닫게 되었다. 요새 다시 고난의 시기가 온 듯하다. 하는 일마다 꼬여서 어떻게 매듭을 풀어야 한다.

2012년부터 2015년까지 그렇게 회사를 4곳을 옮겨 다녔다. 회사 다닐 때는 그곳이 지옥이라 생각해서 여기만 벗어날 수 있다면 좋다고 생각했다. 하지만 새로운 곳에 가더라도 또 다른 지옥이 기다리고 있었다. 도망쳐 나와 새로운 곳에 도착했지만, 그곳도 낙원은 아니었던 셈이다.

지금 생각해 보면 참 어리석은 생각이었다. 첫째, 아무리 힘들어도 그 안에서 현실을 직시하고 어떤 문제가 있는지 제대로 파악하고 해결책을 찾았어야 했는데 그렇지 못했다. 둘째, 그런 부정적인 상황을 만든 현실을 받아들이지 못한 채 막연하게 '아니야. 잘되겠지.'라고 생각하면 근본적인 문제가 해결되지 않는다. 셋째, 근본적인 원인이 파악되지 않다 보니 그 문제에서 도망가거나 벗어날 궁리만 한다. 당장 그 상황을 벗어나면 좋을지 모르지만, 결국 다시 반복되어 같은 굴레에 빠지게 된다.

내가 쓰는 글이 너에게 닿기를

더 이상 같은 실수를 반복하면 인생이 망가지는 느낌이 들었다. 이렇게 잦은 이직을 하는 이유가 무엇인지 천천히 살펴보았다. 임금 체납, 해고 등 타의에 의한 사유도 있었지만, 관계나 업무에서 오는 문제를 해결하지 못한 채 단지 거기에서 도망가기 급급했던 자발적 퇴사가 더 많았다.

지금 일어난 사실을 있는 그대로 받아들이고 인정하되, 그 문제를 극복하고 성장할 수 있는 계기로 받아들이는 자세를 가지기로 했다. 계속 도망만 다닐 수 없었다. 그래서 2017년도. 이제는 전 직장이 되어버린 회사에 지인 소개로 들어가게 되었다. 여기가 마지막 직장이라 생각하면서 무슨 일이 있어도 버티기로 했다. 그렇게 생각하면서 힘든 일도 있었지만 약 8년을 버텼다.

그리고 다시 이번에 나오게 되어 새로운 도전을 하려고 한다. 설렘과 두려움이 공존하고 있지만, 지금까지 살아온 경험이 있기에 힘들어도 제대로 그 고통을 마주하면서 극복하고 나아갈 생각이다. 이젠 더 이상 도망갈 장소도 없다. 퇴로가 없으니 여기에서 끝까지 살아남을 수 있도록 최선을 다해야 하지 않을까?

지난 세월을 돌아보면 참으로 끈기도 인내도 없었다. 조금만 수가 틀리면 도망갈 궁리부터 했으니 창피하고 부끄럽다. 어디서 무엇을 시작했으면 무슨 일이 있더라도 끝을 보는 것이 맞다. 책을 쓰면서 그런 경험을 많이 익혔다. 한번 도망자는 영원한 도망자다. 이제는 도망자가 아닌 개척자로 살아갈 타이밍이다.

다시 한번 말하지만 도망쳐서 도착한 어느 곳에도 낙원은 없다. 지금 있는 여기서 하는 일을 좋아하고 최선을 다하자. 아니 끝을 보자. 모든 시간을 거기에 쏟아붓자. 그러면 못 이룰 일이 없다.

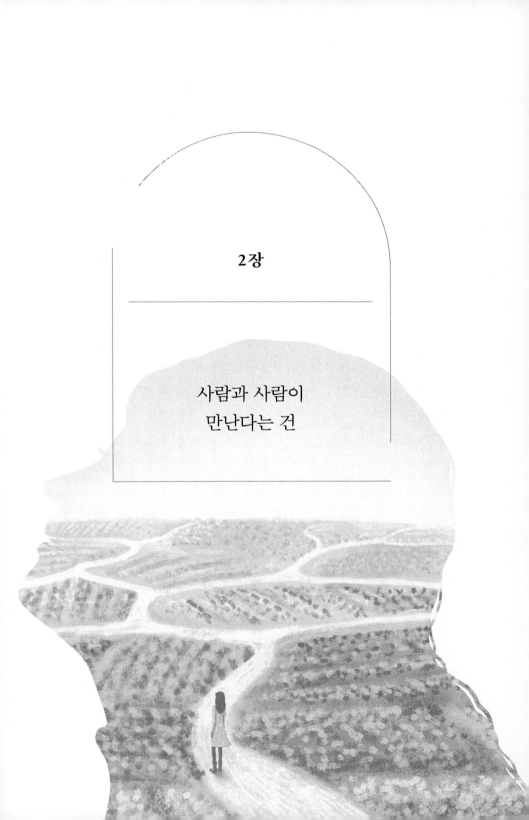

2장

사람과 사람이
만난다는 건

에스프레소 사랑

김혜련

　　어떤 커피 좋아하나요? 대부분 커피에는 에스프레소가 항상 있다. 에스프레소는 미세하게 분쇄한 커피 가루에 고압·고온의 물을 부어 고농축 커피를 추출한다. 커피 원두를 그대로 추출하였기 때문에 커피의 쓴맛이 강하고 진하다. 머그잔 대신 '데미 타세'라고 불리는 조그만 에스프레소 전용 잔을 사용하며 양도 적다. 제2차 세계대전 당시 연합국에 대항한 이탈리아가 조기 항복했다. 미군이 로마에 주둔했을 때 에스프레소를 마시게 되었다. 에스프레소는 쓴맛이 매우 강해 미국인의 입맛에 맞지 않아 물을 희석하였다. 그것이 바로 아메리카노라 한다. 아메리카노는 에스프레소에 물을 추가한 커피음료다. 개인의 취향에 따라 물의 양을 조절할 수 있다. 에스프레소에 스팀 우유를 혼합하면 카페라테가 된다. 우유의 유분이 에스프레소에 깊이 스며들어서 에스프레소의 쓴맛이 옅어졌다. 스팀 우유의 부드러움이 잘 어우러진다. 우유의 고소한 맛까지 느낄 수 있다. 카푸치노는 에스프레소와 스팀 우유와 우유 거품을 섞어 만든 후 시나몬 가루를 얹혀 마시기도 한다. 카페모카는 에스

　　　　　　　　　　　내가 쓰는 글이 너에게 닿기를

프레소와 초콜릿 시럽, 스팀 우유, 휘핑크림을 사용한 달콤한 음료이다. 아포가토는 진하게 추출한 에스프레소에 아이스크림을 올리거나 반대로 아이스크림 위에 에스프레소를 부어서 먹는다. 아이스크림의 차갑고 달콤한 맛과 에스프레소의 뜨겁고 쓴맛을 동시에 느낄 수 있다. 콜드브루는 차가운 물에 커피 원두를 장시간 우려내는 방법으로 커피를 추출한다. 개개인의 입맛이 다른 만큼 선호도에 따라 마실 수 있는 커피의 종류는 다양하다. 커피전문점에는 꼭 필요한 에스프레소이다.

우직하게 자리를 차지하고 있는 에스프레소. 마치 약방에 감초라도 되는 것처럼 주요한 일을 한다. 소리 없이 모든 커피를 뒷받침하고 있다. 커피에서뿐 아니라 사람 중에도 에스프레소같이 맡은 역할에 최선을 다하는 모습을 찾아볼 수 있다. 화젯거리였던 드라마 '킹 더랜드' 100주년 기념행사에 초청된 사람들이다. 그들은 30년이라는 시간 동안 정문을 지켰던 호텔 수문장인 도어맨 김봉식. 20여 년 전부터 호텔 전등을 수리 교체하는 기사. 10년간 고기만 썰어온 정육 담당 등 모두 자세히 보지 않으면 호텔에서 잘 보이지 않는 사람들이다. 객실 담당 27년 차 임옥자는 구원 본부장(이준호)에게 "최고의 호텔이 어떤 호텔인지 아세요?"라고 물은 뒤 "저 같은 사람이 고객분들과 마주치지 않는 호텔이에요."라고 답한다. 그러자 구원은 "제가 생각하는 최고의 호텔은 매출 많고 영업이익이 높은 호텔인데, 그래서 선생님 같은 분들이 가장 소중합니다. 최전방에서 최고의 호텔을 만드는 사람이니까요. 킹호텔 100주년에 주인공이 빠진 행사로 만들고 싶지 않습니다."라고 말한다. 이런 사람들이야말로 킹호텔의 오늘을 있게 한 최고의 공로자들이라는 것이었다. 뭉클하였다. 진정으로 중요한 가치가 무엇인지 전하는 메시지가 있다.

9월에는 시어머니 기일이다. 두 아이를 키워주셨고 주부의 일을 대신하여 주신 분이다. 맞벌이하는 며느리 대신 모든 살림을 맡아주셨다. 고생만 하다 하늘나라로 가셨다. 언제나 마음 넉넉하게 나누려고 애쓰신 분이다. 아무리 귀찮아도 아이들 먹고 싶어 하는 것, 하고 싶어 하는 것을 해주셨다. 요사이 두 외손주와 함께 생활하며 고단하셨을 어머니 생각 많이 난다. 아이를 키운다는 것은 귀여움도 있지만, 어른의 생각대로 행동하진 않는다. 고집과 떼를 쓰며 장난감을 이방 저방 어지른다. 잘 놀다가도 싸운다. 자기의 주장을 내세우거나 서로 잘못을 고자질한다. 우리 아이들도 자라면서 필경 똑같았을 것이다. 그런데도 아이들의 험담을 들어 본 적이 없다. 이유식도 손수 해주셨다. 시장에서 재료를 사다가 방앗간에 가서 곱게 갈아왔다. 나는 어머니 뒤를 따라다니기만 했다. 아이들의 먹거리를 정말 잘 챙겨주셨다. 낮잠을 자다가도 아이들이 '할매 떡볶이 먹고 싶어.'라고 하면 '그래.'라며 벌떡 일어나 가게로 향했다.

아파트 뒷산 텃밭의 채소도 이웃에게 모두 나눠 주었다. 동네 아줌마들에게 음식 조리법도 가르쳤다. 일흔 연세에 한식, 중식, 일식, 양식까지 대표요리는 모두 꿰고 있었다. 남편은 시어머니가 식당을 운영했으면 아마 대박 났을 거라 했다. 하지만 마냥 좋은 일만 있었던 건 아니다. 에스프레소의 그 진하디진한 쓴맛을 느낄 때가 있었다. 아파트 분리수거장에서 쓰다 버린 그릇과 물건들을 주워 올 때다. 나와의 불화는 이것 때문이었다. "아이고, 남편 등골 빼먹을 년들, 이렇게 쓸만한데 다 버린다."라며 냄비, 프라이팬, 그릇 등을 챙겨오셨다.

　그러셨던 어머니는 새벽에 화장실을 가다가 넘어져 엉치뼈를 다쳤다. 수술 후 대소변을 받아내야 했다. 요양병원에 입원하였다. 시간이 지나고 재활 운동을 하면 일어나 걸으실 줄 알았다. 88세에 수술하고 9년을 그리 누워 계셨다. 활동량이 많은 분이라 답답해하셨다. 면회 가면 나물 무침과 김치 담그는 법을 가르쳐 주셨다. 살림을 해 보지 않은 며느리가 걱정되셨나 보다. 반찬은 이렇게 저렇게 해야 맛이 난다며 알려주었다. 어머니는 우울증도 오고 잘 먹지 못해 수척해졌다. 퇴원을 꿈꾸던 어머님은 병상에서 97년의 여생을 마감하셨다. 시어머니는 며느리가 박사 학위까지 공부할 수 있도록 묵묵히 도와주었다. 유치원 교사에서 원장이 되기까지 뒷받침해준 최고의 공로자셨다. 시어머니와 며느리로 만나 감사하며 살아온 세월이었다. 한 해 한 해 나이가 들어갈수록 삶의 곳곳에서 시어머니 생각 많이 난다. 나의 인생에서 무한대로 느낀 시어머니 사랑은 커피의 에스프레소 역할 그 이상이다. 정작 당신은 인생의 쓴맛만 보고 하늘나라 가신 건 아닌지 마음이 아프다. 사람과 사람이 만난다는 건 언제 어디서건 필요한 사람이 되는 일이다.

소중한 인연, 섬기는 마음으로

서주운

　　　　　사람 때문에 힘들다는 이들이 많습니다. 다 내 마음 같지 않지요. 살다 보면 많은 사람 만납니다. 다양한 사람들 속에서 감정이 오락가락합니다. 오락가락하는 이유는 무엇일까요? 내 기준으로 상대방을 평가하고 그에 맞추려 노력하기 때문입니다. 다른 사람 눈치 보며 비교하지 말고, 점수 매겨 평가하지 말아야 합니다. 내가 바로 서야 하고 내 마음에 집중할 필요 있습니다. 그리고 상대방을 온전히 인정해야 합니다. 나와 다름을 받아들이고 내 감정에 솔직할 때 그 어떤 사람도 인정할 수 있고 그 누구와도 편하게 지낼 수 있습니다. 사람을 소중하게 여기고 섬기는 마음이 중요합니다.

　일에서 만난 동료가 있었습니다. 시작하는 시기가 비슷했고 관리 지역도 가까워서 친하게 지냈습니다. 서로 잘되기를 바라며 도와주고 협업하기도 했습니다. A는 매사 열정적으로 일하고 열심히 살면서도 늘 투덜대고 한숨 쉬며 부정적인 말을 자주 내뱉곤 했지요. 안 좋은 일이 생기거나 마음이 불편할 때면 하루에도 몇 번씩 전화해서 하나부터 열까지 다 쏟아내었습니다. 한 시간이 넘도록 들어주고

내가 쓰는 글이 너에게 닿기를

받아주었습니다. 그것이 맞다 생각했습니다. 토로할 때 따로 없으니 나라도 안아주자 했지요. 한번이 열 번 되고 열 번은 같이 일하는 5년 내내 계속되었습니다. 어느 날, 멘토 미팅 관련하여 약속을 잡아야 했습니다. K멘토가 대전으로 내려오기로 했지요. 식사 장소며 일정 관련하여 A와 먼저 전화 통화를 했습니다. 열차 시간에 맞춰 대전역 인근으로 미팅 장소 및 일정을 상의했습니다. 그렇게 내일 만나기로 하고 전화를 끊었지요. 다음날 약속 몇 시간 전 세 명 대화방에 사정이 있어서 만나기 어렵다는 인사만 덩그러니 남긴 채 나오지 않았습니다. 순간 화가 머리끝까지 났습니다. 뭐 이런 경우가 다 있나 싶었습니다. 무슨 사정이 있었겠지! 그렇다면 미리 나에게 귀띔이라도 해 줄 수 있는 거 아닌가? 이만저만해서 나갈 수 없다고 전화한번 해 줄 수 있지 않았을까? 그 뒤로 그 사람을 만나지 않았습니다. 전화가 와도 받지 않았습니다. 마음속에서 그 사람을 지웠지요. 처음 있는 일입니다. 가끔 그 사람이 생각나기도 합니다. 잘 지내고 있겠지. 지금에 와서는 전화라도 받아볼 걸 도대체 어떻게 된 거냐고 확인이라도 해 볼 걸 하는 후회도 있습니다. 사람의 인연을 그렇게 일방적으로 끊는다는 건 용납이 안 되는 태도였으니까요. 옷깃만 스쳐도 인연이라 합니다. 서로에게 기가 막힌 타이밍에 자연스럽게 등장해 주는 것, 이것이 인연이라 했습니다. 그렇습니다. 어느 하나 소중하지 않은 인연이 없습니다.

세계 인구가 80억이 넘습니다. 우리나라만 해도 5천만이 넘는 사람이 살고 있지요. 그 많은 사람 중에 나와 인연이 닿아 만나고 이야기 나누며 함께 인생을 살아갑니다. 그 사실만으로도 너무 신기합니다. 값지고 소중합니다. 나를 사랑하는 사람은 다른 사람도 소중히 여길 줄 압니다. 먼저 나를 아끼는 마음 필요합니다. 내 중심이 곧게 잘 잡혀 있어야 다른 사람 관계에서 정성을 다할 수 있습니다. 잠들기 전 하루를 돌아보며 나 칭찬 일기 또는 내가 나에게 보내는 긍정 메시지를 보내는 시간 5분이라도 가져봅니다. 사람 관계나 상대방이 잘 이해가 안 될 때 자주 생각하거나 내뱉는 말이 있습니다. '그럴 수 있어!' 그렇습니다. 그럴 수 있습니다. 어쩌면 그 사람도 그럴 수 있어! 라고 받아들이며 이해하려 애쓰고 있을지 모릅니다. 서로가 존중하며 다름을 인정할 때 우리의 관계는 더없이 행복하게 발전할 수 있을 것입니다. 이러한 마음은 자기애를 심어주고 다른 사람을 받아들일 수 있는 포용력이 길러집니다.

과거 나보다 잘나간다는 사람에게 잘 보이려 애쓴 적 있습니다. 나보다 힘이 세다 싶으면 그 입맛에 맞춰주기도 했지요. 반대로 나보다 좀 못하다 싶은 사람에게는 신경을 조금만 쓴 것 같습니다. 정성을 덜 들였지요. 지금은 달라졌습니다. 모든 사람이 동등합니다. 모든 사람이 소중합니다. 하물며 나를 만나는 모든 만물이 애틋합니다. 하얀 눈 사이로 쏙하고 내민 목련 봉오리가 반갑습니다. 개미 한 마리도 귀합니다. 내가 만난 책 한 권, 볼펜 한 자루도 소중합니다.

앞으로 어떤 인연이 다가올지 모릅니다. 또 누군가는 다른 만남으로 재회할 수도 있습니다. 인연도 돈처럼 돌고 도는 것 같습니다. 그만큼 사람 관계는 만남과 헤어짐 모두 중요합니다. 어린이집 교사 시절 한 아이마다 정성을 다해 돌보고 사랑을 듬뿍 주었습니다. 졸업할 때 어머니들께 손편지와 자그마한 선물을 준비해 드렸습니다. 아이에 대한 축복과 함께 말이죠. 아직도 소통하는 학부모가 있습니다. 교육회사 다닐 때는 눈앞에 보이는 내 이익보다 공부방을 운영하는 원장 편에서 진심으로 일했습니다. 퇴사할 때 서로 격려하고 앞으로의 행보를 응원하며 마무리했지요. 지금까지 끈끈하게 잘 만나고 있습니다. 어떤 원장은 지금도 인생 진로나 고민 상담을 해오기도 합니다. 운영하던 독서실을 정리했습니다. 인수인계 과정에서 안타깝게도 중, 고등학생 전문 학원으로 바꾼다고 했습니다. 독서실을 이용하고 있는 회원들에게 연락했습니다. 신규로 등록할 때보다 더 정성 다해 상황을 설명하고 마음 전했지요. 그동안 감사했다고 수고 많으셨다는 인사가 되돌아왔습니다. 눈물나게 고마웠습니다.

인연을 거꾸로 하면 연인입니다. 연인 대하듯, 나와 상대방에게 집중하면 사람 자꾸 만나고 싶어집니다. 좋은 사람이 되어주면 좋은 사람이 내게 옵니다. 사람과 사람의 관계가 좋아집니다. 앞으로의 인연에 설레고 기대되는 지금입니다. 나에게 닿는 인연에 한 사람 한 사람 정성을 다해 섬기고, 헤어질 때 더 많이 마음을 전했으면 좋겠습니다. 만남은 인연이고 관계는 노력입니다.

완벽함은 없다

송주하

조언의 사전적 뜻은 말로 거들거나 깨우쳐 주어서 돕는다는 의미입니다. 어떤 분야가 되었든, 꽤 그럴듯하게 잘하고 있는 사람이 해 줄 수 있는 말입니다. 인간관계를 썩 잘하는 편이 아니라서 함부로 조언할 수 없지만, 살아오면서 느낀 부분을 몇 가지 적어볼까 합니다.

열심히 살아야겠다고 다짐하면서, 루틴을 만들었습니다. 새벽에 일찍 일어나서 공부도 하고 책도 읽기 시작했습니다. 조금씩 익숙해지면서, 독서 모임도 하나둘씩 만들기 시작했고요. 덕분에 오전 4시부터 8시까지 혼자 바쁩니다. 그렇게 시작한 루틴이 천 일이 되었습니다. 뭔가 기념하고 싶기도 했고, 이제는 다른 사람과 함께 하고 싶다는 생각도 들었습니다. 루틴 포스터를 만들고, 사람을 모았습니다. 습관을 만들다가 중도에 포기했던 분들이 모이기 시작했습니다. 대부분 하는 말이, 혼자 하기가 힘들다는 거였습니다. 10월에 워밍업하고 11월부터 1기를 시작했습니다. 적응 기간을 잠시 거쳐서 그런지, 제법 잘 해냅니다. 하지만 모든 사람이 꾸준히 하는 건 아닙니다. 중간에 그냥 말도 없이 나가는 사람도 있었고, 본의 아니게 원칙을 계속 어겨서 강퇴당한 사람도 있습니다. 새해가 되면 3기를 시작합니다. 저처럼 천 일 동안 꾸준히 하는 사람이 나오길 기대하고 있습니다.

리더이다 보니, 누군가 루틴을 올리면 바로 반응해줍니다. 응원하는 의미입니다. 엄지척을 보낼 때도 있고, 하트를 누를 때도 있습니다. 누군가 나의 활동을 보고 있다고 생각하면, 힘이 나게 마련이니까요. 어느 날, 한 명이 이런 말을 했습니다. 나도 하트 달라고요. 무슨 소린가 싶었습니다. 새벽에 바쁘다 보니, 하트 하나를 빠뜨린 겁니다. 그 댓글에 웃음이 났습니다. 아무리 나이가 든 어른이라도, 누군가의 관심이 필요한 거구나 싶더군요. 답장에 하트 백 개라고 썼습니다.

한 번은, 글쓰기 온라인 강의를 듣고 있었습니다. 루틴 방에 있는 작가님이 졸고 있는 모습이 보입니다. 비밀 댓글로 장난을 좀 쳤습니다. 지켜보고 있다고 말이지요. 화면에 웃는 모습이 보입니다. 어제 많이 피곤해서 그렇다는 답장이 왔습니다. 누군가 자신을 지켜보고 있다고 생각하니까, 기분이 좋아진다고 말합니다. 제 눈치(?)가 보였는지 더는 졸지 않습니다.

저는 누군가를 만나면, 먼저 다가가는 스타일이 아닙니다. 루틴 방을 운영하고, 다양한 사람을 만나면서 깨닫고 있습니다. 내가 먼저 마음을 열어야, 상대도 마음을 연다는 사실을 말입니다. 나에게 관심을 보이는 사람에게 호감이 간다는 것도 말이지요.

많이들 알고 있는 '334 법칙'을 믿습니다. 한 마디로, 열 명의 사람 중에 나를 좋아하는 사람이 3명, 밑도 끝도 없이 싫어하는 사람이 3명, 무관심한 사람이 4명이라는 겁니다. 숫자가 정확하게 딱 떨어지는 건 아니지만, 공감이 가는 말입니다.

이상하게 불편한 사람이 있었습니다. 딱히 싸운 것도 아니고, 서로 나쁜 말을 한 것도 아닙니다. 하지만 같이 있으면 유독 서먹합니다. 무슨 말을 해야 하는지 모르겠고, 잠시라도 대화에 여백이 생기면 진땀이 납니다. 여러 사람과 만나면 그나마 다행이지만, 혹시라도 중간에 있던 사람이 화장실이라도 가면 일부러 따라가기도 합니다.

꽤 오래 만난 사람이었지만, 어색한 건 시간이 지난다고 해결되는 게 아니었나 봅니다. 친해지려고 나름 노력도 해 보고, 관심도 가져 봤지만 크게 달라지지 않았습니다. 싫어서라기보다 불편해서 조금씩 정리하게 되더군요. 아직도 정확한 이유는 모르겠습니다. 말하는 성향 차이일 수도 있고, 추구하는 바가 달라서 그럴 수도 있습니다. 늘 애쓰던 관계였습니다. 문득 그런 생각이 들더군요. 길지 않은 인생인데, 이왕이면 만나서 행복한 사람과 함께 하고 싶다고요. 매번 애쓰기만 하는 건 하지 말자 생각했습니다. 오래 알고 지낸 사이였지만, 결국 관계는 이어지지 못했습니다.

조심해야 할 것은 분명 있습니다. 바로 선입견입니다. 제인 오스틴의 《오만과 편견》에 이런 부분이 나옵니다.

'제가 자주 만나니까 나아졌다고 한 것은, 그분의 태도가 나아졌다는 말이 아니라 그분을 더 잘 알게 되어서 이해할 수 있다는 말이었어요.'

내가 쓰는 글이 너에게 닿기를

이 부분은 주인공 리지의 생각이 달라지는 구간을 잘 표현한 곳입니다. 위컴이라는 사람이 남자 주인공 다아시를 안 좋은 사람이라고 말하자, 리지는 그 말을 그대로 믿어버립니다. 하지만 다아시를 겪어 보면 볼수록 자기 생각이 잘못되었다는 사실을 깨닫게 됩니다.

누군가 일방적으로 한 말이 아닌, 자신이 직접 경험한 이야기를 하는 겁니다.

한 번 각인 된 선입견을 바꾸는 데에는 오랜 시간이 필요합니다. 첫인상을 바꾸려면 최소 60번을 만나야 한다는 말이 있습니다. 여기서 중요한 점은 누군가를 판단할 때, 자신이 보고 듣고 느낀 것만이 진짜라는 사실입니다. 저도 남이 하는 험담이나 평가를 두고, 그런 사람이라고 쉽게 판단한 적이 많습니다. 이 부분을 보면서 반성했습니다. 완벽하게까지는 아니라도, 늘 나에게 질문해 볼 필요가 있습니다.

개그맨 신동엽을 좋아합니다. 예의 있게 웃기는 걸 아는 사람입니다. 그가 나온 유튜브 영상을 봤는데, 꽤 오래 남았습니다. 자신이 오랫동안 연예인 생활하면서 지키는 원칙이 몇 가지 있다고 했습니다. 그중 하나가, 뒷담화였습니다. 신인 시절, 누군가의 험담을 하다가 마음고생한 적이 있다고 하더군요. 그때 이후로 남에 관한 이야기는 절대 하지 않겠다고 스스로 약속했다고 합니다. 옆에 가수 성시경이 앉아 있었는데, 한마디 거듭니다. 동엽이 형은 사석에서 절대 뒷담화하지 않는다고 말이죠. 둘은 워낙 친한 사이입니다. 그런 사람의 말이니, 더욱 신뢰가 생깁니다. 신동엽 자신이 연예계 생활을 오래 할 수 있었던 비결이라고도 합니다. 한 가지 더 있다고 하더군요. 나쁜 말을 전하는 사람까지도 멀리한다고요. 그런 사람은 다른 곳에서도 자신의 욕을 할 수 있다고 말합니다.

인간관계에 대한 자신만의 철학이 확고하다는 생각이 들었습니다. 원칙 덕분에 오랫동안 대중의 사랑을 받고 있다는 생각도 들었고요. 혼자 한 다짐을 지켜왔던 그가 더 멋져 보였습니다. 누군가를 비난하는 것이 얼마나 나쁜지, 다시 한번 알게 되었습니다.

인간관계에 관한 이야기가 나올 때, 항상 나오는 말이 있습니다. 인간관계는 고슴도치처럼 또는 난로처럼 하라는 말입니다. 말은 다르지만, 의미는 비슷합니다. 너무 멀어지면 온기가 사라지고 너무 가까우면 찔리거나 델 수 있습니다. 적당한 거리가 필요하다는 의미겠지요. 친하다고 무조건 자주 만나야 하고, 모든 것을 알아야 하는 건 아닙니다. 적당한 거리는 틈을 만들어 줍니다. 햇빛이 들어오게 하고 바람이 잘 통하게 만듭니다. 사람은 누구나 혼자만의 시간이 필요합니다. 그 시간을 존중할 줄 때, 비로소 사람과의 관계도 더 끈끈해지지 않을까 싶습니다.

내가 쓰는 글이 너에게 닿기를

책으로 맺은 인연은 멀리 간다

안지영

　　사람은 혼자가 아닌 여러 인연으로 얽혀 있다. 인연(因緣)이란 사람들 사이에 맺어지는 관계를 말한다. 좋은 인간관계는 갈증을 해소해 주는 오아시스와 같다.

　　살면서 지치고 힘들 때 주위를 두리번거린다. 나 혼자인가? 그럴 때 위안이 되는 건 역시 사람이다. 나의 인간관계는 폭넓다. 전국 각지, 세계적이다. 다양한 만남 모두 책으로 연결된 공통점이 있다. 그중 세 사람과의 인연을 소개해 본다.

　　정신없었던 지난 연말, 한 자리 남은 입석을 끊고 열차에 오르니 아이처럼 신났다. 올해 마지막 주에 만나자는 J와의 약속이 생각났다. 연락하고 바로 약속을 잡았다. J를 만나러 가는 길에 우리의 십오 년 인연이 풍경처럼 지나간다.

　　큰아이 다섯 살 때 어린이집, 같은 반 친구가 J의 아들이었다. 규모가 큰 어린이집이라 반이 많았는데 단지 내 아이 중 세 명만 같은 반이었다. 아침 8시 반이면 아파트 광장에 아이들이 유치원별, 어린

이집별로 줄을 섰다. 어린 동생도 유모차 타고 나온다. 아이들 배웅하고 마음 맞는 엄마들끼리 차 마시러 가는 풍경이 반복된다.

난 슬그머니 집으로 빠졌다. 큰아이가 어릴 때부터 이런 시간이 아까웠다. 아이 없는 자유 시간을 다른 이와 나누고 싶지 않았다. 책 읽으며 나만의 시간을 갖는 게 재미있었다. 배 속에 있는 둘째 태교하기도 시간이 모자랐다.

하원한 아이들이 놀이터에서 논다. 누군가가 책 얘기가 꺼냈다. 솔깃해서 대화에 끼어든다. J와 공통된 관심으로 친해졌다. 나이 차는 나지만 공통점이 많았다. 아들 형제에, 남편들은 해외에 파견 나가 있었고 책 읽기를 좋아하는 도서관 단골이었다. 커피를 즐기는 것까지 같았다. 새벽 5시에 일어나 운동도 함께 했다. 각자의 육아로 자주 만나지는 못했다. 내가 멀리 이사 가고도 시간 내서 만나는 사이가 되었다. 주말 부부인 남편이 폐렴으로 입원했을 때 전철역에서 병원으로 태워주러 나왔다. 걱정하지 말라며 잡아주는 손이 따뜻했다.

코로나가 한창일 때, J의 어머님이 돌아가셨다. 갈까 말까 망설이지 않았다. 가족 모두 내려갔다. 가까운 곳에 사는 친구도 안 왔는데 멀리서 왔다며 잡은 손이 뜨거웠다. 퉁퉁 부은 눈에 미소가 지어졌다. 계절이 바뀔 때마다 연락이 온다. 맛있다며 사과 상자도 보내고 시골 선물도 보낸다. 뽀얗게 우러나온 시골육수가 우리 우정 같았다. 나도 J에게 좋은 인연으로 기억되고 싶다.

인천에서 친정 식구들과 모여 살다가 동탄으로 이사했다. 친구도 없고 신도시라 외국에 온 듯했다. 교회, 학교 등의 인간관계가 바뀌게 되었다. 낯설었다. 아이들보다 적응이 더뎠다. 이방인같이 겉돌았다. 초등학교 1학년인 막내 덕분에 학부모 모임에 갔다. 책 관련 봉사에 참여하게 되었다. 사람들 얼굴이 하나씩 보이기 시작했다. 도서관 사서 봉사, 북아트 수업 봉사가 인연을 만들었다. 독서 모임을 하며 관계 고리가 길어졌다. 아이들끼리도 친해졌다. 어려울 때 도움도 주고받았다. 어느새 스며들었다. 그 인연이 지금까지 유지된다니 책은 참 좋은 연결고리이다.

공부방을 운영하다 보니 학부모들과 어울리기에 조심스러웠다. 엘리베이터나 동네에서 만나 반기는 건 이때 인연들이다. 차 한잔 나누며 고민 상담도 하고 관심 있는 책도 나눈다. 그래서인지 내 인연들은 모두 책과 친하다. 책으로 하나가 되는가 보다.

2년 전 잠들었던 블로그에 글을 쓰면서 모르는 사람의 글과 생각을 읽었다. 마음결이 같아 소통이 잘되었다. 궁금해서 블로그 방문 횟수 늘고 진심 담긴 댓글을 달며 알게 된 두 동생, K와 B가 있다. 대전에 사는 K와는 나누는 이야깃거리가 많다. 책, 그림, 종교, 교육, 걱정. 시간이 흐를수록, 서로에 대해 알게 될수록 책에 관한 깊은 얘기도 나누고 아이들 고민도 주고받는다. 기쁠 때, 힘들 때 먼저 생각났다. 시간이 지나니 직접 만나고 싶었다. 사는 곳의 거리는 멀었지만, 우리에겐 SRT가 있었다. 처음 만난 순간 얼싸안았다. 친자매를 만난 듯 대화가 멈추지 않았다. 만날 때 서로에게 꽃과 책을 선물했다. 좋아하는 취향도 비슷해서 인연이 신기했다. 지금까지 힘든 일, 기쁜 일은 제일 먼저 나누고 응원하는 사이다.

호주에 사는 B는 나와 15살이나 차이 난다. 한 쪽 귀가 안 들려서 보청기를 끼고 있다는 글을 읽었다. 그 당시 남편도 과로로 한 쪽 귀

청력이 거의 안 들리는 상황이었다. B의 마음에 공감할 수 있었다. 잘 안 들리면 불편한 점이 많다. 특히 외국어를 듣고 발음하는 데 어려움이 있다. 진심으로 다독일 수 있어서 통했다. 타지에서 아르바이트하며 새로운 일에 대한 자격증도 따고 대학교도 다닌다.

외국에 있어서 만나기 힘들 거로 생각했는데 어느 날 마주 보게 되었다. 꿈만 같았다. 마음이 닿아 만난 날을 잊지 못한다. 글로 못 다 한 이야기를 나눴다. 시간이 멈춘 듯했다. 호주로 돌아가기 전, 책과 귀걸이를 선물했다. 함께 커피 마셨던 카페에 B의 웃는 모습이 남아있었다. 우린 서로가 힘들 때 SNS로 만났다. 방황하는 서로를 위해 손을 잡아주고 마음을 내주었다. 방금도 기가 막힌 타이밍에 카톡 안부가 왔다. 시공간을 가르는 텔레파시가 있나 보다.

직장 생활을 하고, 공부방도 운영하면서 많은 사람을 겪었다. 인간관계에서 중요한 건 태도와 배려다. 가끔 배려 없는 학부모로 인해 기분이 상한다. 사교육이라도 내 아이를 가르치는 곳이니 학원, 공부방 선생님에게 기본 예의를 갖추면 좋겠다.

잊히지 않는 학생이 있다. 수업 시작 시각인데 연락 없이 안 오기에 전화 거니 오늘부터 안 온다는 학생이 있었다. 그만둔다는 연락을 미리 해야 하는데 부모도, 아이도 몰랐던 것일까? 속상함보다 걱정이 앞섰다. 우리 아이도 최근에 학원을 옮겼다. 미리 충분한 상담을 하고 다른 학원을 알아봤다. 학원을 바꾸고 선생님께 인사 보냈다. 모든 인연을 소중하게 생각하면 좋겠다.

인간관계는 부메랑이 되어 나에게 돌아온다. 나를 비추는 거울이 되기도 한다. 내가 어떻게 인생을 살아왔는지가 주변 지인들을 보면 알 수 있다.

두터운 인간관계를 가지려면 어떻게 대해야 할까? 마음을 숨기면 안 된다. 뭘 받을 수 있나 생각하기 전에 내가 이 사람에게 줄 수 있는 건 무엇일까를 먼저 생각해 보면 좋겠다.

책 속에 친구가 있다. 거리가 멀어도, 다른 나라에 있어도, 책을 펼치면 모두 만날 수 있다. 책이 연결했기에 돈독한 사이가 됨을 많은 사람이 알게 되면 좋겠다.

사랑이 제일이라

이승희

　　일곱 살, 크리스마스이브에 친구 따라 교회에 갔다. 사탕과 빵을 받았다. 맛있었다. 반짝이는 크리스마스트리가 휘황해 보였다. 다른 세상에 온 것 같았다. 그때부터 교회에 다니기 시작했다. 어릴 때 나는 친구들 놀이에 끼지 못했다. 자주 체하고 비실비실했다. 몸 쓰는 일에는 젬병이었다. 고무줄놀이도, 공기놀이도, 비석 치기도 다 못했다.

　유일하게 재미를 붙인 일이 책을 읽는 것이었다. 하지만 엄마는 교과서 외에는 책을 못 읽게 했다. 시골이라 읽을거리도 없었다. 마침 교회에 크고 두꺼운 책이 있었다. 성경이었다. 첫 장부터 읽기 시작했다. 천지창조, 아담과 하와, 아브라함을 거쳐 모세까지. 웅장한 이야기가 머릿속에서 영화처럼 펼쳐졌다. 흥미진진했다. 성경을 경전이 아니라 동화책처럼 읽은 셈이다.

　성경 속 하느님은 참 무서웠다. 인간이 잘못하면 큰 벌을 내리신다. 목사님 설교를 들으니 아무리 착한 일을 하고 살았어도 하느님 믿지 않으면 지옥에 간다고 했다. 뭔가 좀 이상했다. 옛날 우리나라

　　　　　　　　　　　　　　　내가 쓰는 글이 너에게 닿기를

에는 교회가 없었다면서. 하느님이 있는 줄 몰랐던 그때 사람들은 어떻게 되는 건데? 전도사님을 붙잡고 물어봤다.

"그럼 이순신 장군, 유관순 언니도 지금 지옥에 있어요?"

그때 전도사님이 뭐라고 대답했는지 기억나지는 않는다. 다만 대답이 몹시 실망스러웠던 감정은 남아 있다.

구약을 다 읽고 신약 성경으로 넘어갔다. 예수님을 만났다. 예수님은 하나님 아들로 동정녀 마리아에게서 나셨다. 율법만 가득하던 세상에 사랑을 가르치셨다. 그리고 십자가에 못 박혀 세상 모든 사람을 구원하고 돌아가셨단다. 예수님을 알고 나서 '사랑!'이라는 낱말이 가슴에 새겨졌다. 고3 때 이후 교회에 발길을 끊었으니 기독교에 진심으로 귀의했다는 간증은 아니다.

아홉 살, 철없는 아이가 제멋대로 해석한 사랑이다. 그때부터 나는 '사랑'이야말로 세상 모든 일과 인간관계의 해답이라고 믿었다. 예수님처럼 자신을 희생하는 사랑. 그것이야말로 참사랑!

늘 싸우는 엄마, 아빠. 무거운 집안 분위기. 맏딸이니 공부 잘해야 한다는 압박감에 짓눌리던 때였다. 현실을 벗어나기 위해 책을 읽었다. 동네 서점, 만화방, 대학생 언니 오빠 집을 돌며 읽을거리를 찾았다.

책 속 어디에나 사랑이 있었다. 초등학교 3학년부터 6학년까지. 유행하던 하이틴 로맨스 소설은 다 읽은 것 같다. 작은 머리통 안에서 예수님의 사랑과 로맨스 소설 속 사랑이 혼재되어 떠다녔다.

사랑은 모든 문제를 해결한다. 그러니 나도 예수님 같은 사랑을 하리라. 운명 같은 사람을 만나, 고난을 극복하고 마침내 해피 엔딩을 맞을 거야. 진정한 사랑이라면 목숨도 바칠 수 있을 줄 알았다. 시골 동네에 예수님처럼 멋진 사람이 있을 리 없으니 우정을 사랑으로 치환했다. 모든 인간관계를 사랑으로 바꾸면 되는 줄 알았다.

친구한테 참 잘하려고 했다. 맛있는 거, 좋은 거 있으면 달려가서 줬다. 어느 날, 모기향을 처음 보았다. 친구 집에는 없다는 게 생각났다. 해 뜨자마자 친구 집으로 달려갔다. 문을 두드렸더니 친구가 짜증 가득한 얼굴로 문을 열었다. 그제야 너무 이른 시간이란 걸 알고 머쓱해졌다. 모기향을 쥐여 주고 돌아왔다.

자라면서 하나씩 배워갔다. 사랑은 나만 좋다고 되는 게 아니구나. 나는 참 어리석었구나. 예수님 같은 사랑이라니. 고향 어른들 말처럼 얼척없는(어처구니없다는 전라도 사투리) 짓을 하고 다녔구나. 무조건 잘해주면 호구 잡힌다는 것도 알았다. 나처럼 모든 걸 솔직하게 얘기하고 다가가면 부담스러워하는 사람이 더 많았다. 뒤통수 얻어맞고 상처받는 일도 있었다. 인간관계는 참 어렵기만 했다.

그래도 굳게 믿으며 살았다. 진심이면 통한다. 믿음과 소망과 사랑 중에 제일은 사랑이라!

마흔 중반에 재혼했다. 참사랑이라고 느꼈다. 이번 결혼생활은 죽을힘을 다해 지켜내야지. 다짐 또 다짐했다. 그와 함께 사는 동안 나는 해바라기였다. 남편이라는 태양을 따라 도는 해바라기. 하루 세 끼 식사, 두 끼 간식을 꼬박꼬박 차렸다. 해발 560m 산꼭대기라 외식하러 나갈 데도 없었다. 그것만으로도 힘에 벅찼다. 천성이 게으른 데다 어릴 때부터 집안일을 해본 적이 없었기 때문이다. 친구들

내가 쓰는 글이 너에게 닿기를

이 와서 능이버섯 산양삼 백숙에 9첩 밥상을 보고 "정말 네가 한 것 맞아?" 하고 몇 번씩 물어보곤 했다. 나한테는 그 말이 "정말 대단하다, 너 참 노력하는구나."로 들렸다. 남편은 "도대체 그동안 어떻게 살았으면 오는 사람마다 그런 말을 하느냐?" 물었다.

밥만 차린 건 아니다. SNS에 농장 홍보, 마케팅을 맡아 했다. 하루에도 몇 팀씩 오는 손님 대접하느라 바빴다. 생활한복 입는 남편 멋지게 만들어주고 싶어 옷도 직접 만들어줬다. 내 24시간을 바쳐 잘하면 되는 줄 알았다. 성격 안 맞아 격하게 싸우더라도 결국은 사이좋은 노부부처럼 손잡고 동네 마실 다닐 수 있을 거로 생각했다.

내 착각이었다. 8년 만에 두 번째 결혼생활을 마감하게 되었다. 남편과 나 둘 다 자존심을 내려놓지 않았기 때문이다. 그때는 상황을 객관적으로 볼 여유가 없었다. 처음엔 원망과 분함만 가득했다. 나중엔 오기가 일어 잘 사는 모습 보여주겠다고 무리하며 살았다. 어쨌든 내가 할 수 있는 최선은 다했다. 그러니 떳떳하다. 그렇게 위안으로 삼았다.

코칭을 알게 됐다. 코칭은 상담자와 대화를 통해 스스로 문제를 해결할 수 있도록 돕는다. 코치는 해결책을 제시하지 않는다. 충고 조언 함부로 하지 않는다는 말에 호기심이 생겼다. 코칭 강의를 신청했다. 기초 이론 강의 세 번째 시간, 강사가 숙제를 내줬다.

"지인 중 한 사람을 골라 통화하세요. 그분의 고민이 무엇인지 들어 주세요."

규칙은 30분 동안 통화하면서 상대에게 어떤 조언, 충고도 하지 않는 것. 대화하는 사람의 이야기에 공감만 해주어야 한다.

함께 전통 무용을 배우다 친해진 정연 언니에게 전화했다.

"언니, 요즘 고민이 뭐야?"

미리 코칭 연습하는 거라고 말해 둔 참이다.

"요즘 우리 남편이 자꾸 일을 그만두겠다고 한다. 그럴 거면 미리 다른 직장을 알아보고 나오라고 해도 말을 안 들어."

그 집 사정 속속들이 아는 처지라 해주고 싶은 말이 많았다. 하지만 조언하면 안 됐다. 꾹 참았다. 듣고만 있으면 코칭이 아니다. 공감해 주어야 한다. 공감하려면 제대로 들어야 한다.

언니 말에 집중하다 문득 깨달았다. 상대방이 하는 말에 귀 기울인다는 것이 어떤 의미인지. 그전에는 대화할 때 상대방 말 끝나면 내가 할 말 생각하고 있었다. 오롯이 상대의 말에만 집중하고 있으려니 세상이 고요해졌다. 몰입의 순간이 찾아왔다. 언니의 진심이 느껴졌다. 언니도 내가 온전히 자신의 말에 귀를 기울이고 있다는 걸 느낀 듯했다.

"처음엔 코칭 연습한다고 해서 별걸 다 한다고 웃었는데. 얘기가 편하게 나온다. 한참 위로받은 것 같아. 남편도 얼마나 힘들면 그랬을까 하는 생각이 드네. 오늘은 남편 좋아하는 새우 구워줘야겠다. 고마워."

전화를 끊는데 후드득 눈물이 쏟아졌다. 왜 그러는지도 모르면서 한참 울었다. 전 남편과 동생들, 아들 생각이 많이 났다. 나는 과연

　　　　　　　　　　　내가 쓰는 글이 너에게 닿기를

내 사랑하는 사람들의 이야기를 얼마나 제대로 들었나. 늘 적당히 듣다 이렇게 해라. 저렇게 해라. 조언을 퍼붓지 않았나. 진심으로 사랑하니까 이러는 거야. 생각하고 했던 내 말이 얼마나 그들에게 가 닿았을까. 사랑을 앞세워 그를 내 멋대로 해석했다. 최선을 다했다고 자신에게 면죄부를 주고 살았구나. 눈이 퉁퉁 붓고 코가 헐도록 울고 나니 마음이 개운해졌다.

경청. 누군가의 이야기에 집중하고, 진지하게 듣는다는 뜻이다. 그 사람의 의견이나 감정을 존중하고 이해한다는 의미이다. 상대방을 이해하면 공감할 수 있게 된다. 공감하면 갈등이 생길 일 없다.

자신의 이야기에 오롯이 집중하는 사람을 만나면 저절로 속마음을 털어놓게 된다. 의사소통이 잘 되고 신뢰가 쌓인다. 사람과 사람 사이가 단단하게 연결된다. 경청이 먼저다.

인간관계, 너무 뜨거워도 차가워도 곤란한

임주아

인간관계는 여러 목적에 따라 달라집니다. 회사는 이익을 추구하는 사람이 모인 집단으로 이익이 우선되고, 모임에서는 모임 목적에 따라 달라집니다. 학교, 군대, 직장, 사회활동 등 어떤 집단인가에 따라서도 달라집니다. 어디에든 사람이 있고 인간관계는 명확한 정답이 없어서 혼자 노력한다고 좋아지는 것도 아닙니다. 서로의 노력이 필요하지요. 주변 사람과의 관계가 원만하지 못하면, 사회 부적응자로 낙인찍히기도 합니다. 삶에서 가장 어려운 일은 사람들과의 관계인 것 같습니다. 그렇다면 인간관계는 어떻게 해야 좋아질까요?

첫째, 어떤 목적이든 사람이 먼저입니다. 서로 잘 통해야 합니다. 상대방과 열린 마음을 가지고 이야기하고 듣는 것이 중요합니다. 말하지 않으면 알 수 없고, 오해가 쌓이기 쉽습니다. 건강한 인간관계는 소통이 핵심입니다. 대화를 통해서 듣고 말하고 서로 표현해야 합니다. 우리는 사람의 마음을 꿰뚫어 보는 독심술 능력이 없기 때문입니다.

둘째, 다른 사람의 생각과 감정을 이해하고 존중해야 합니다. 같은 의견을 가질 수 있지만, 그렇지 못한 경우도 많습니다. 다른 이의 생각을 존중하고 받아들이려고 노력하는 자세가 중요합니다. 다양한 감정을 공감하는 일은 좋은 인간관계를 형성하는데, 큰 도움이 됩니다.

셋째, 자신의 감정이나 생각을 숨기지 않고 표현하는 것이 중요합니다. 솔직하게 나를 표현하면 상대방이 싫어할 걸로 생각 들지만, 서로를 이해하는 데 도움이 됩니다. 상대방의 성향이나 성격, 감정 등이 맞지 않지만, 괜찮다고 넘기고 참다가 나빠지는 관계도 더러 있습니다. 상대방을 위해 나를 숨기는 일은 서로에게 좋지 않은 방법입니다. 상대에게만 맞춰주고 나중에야 '내가 너에게 얼마나 잘했는데, 나에게 이럴 수 있어?' 생각하며 관계가 틀어지는 일은 없어야겠지요.

넷째, 실수를 인정하고 사과하며, 상대방의 잘못을 너그럽게 용서하는 것이 중요합니다. 비 온 뒤, 땅이 더 단단해지듯이, 더 신뢰하는 끈끈한 관계를 만들 수 있습니다. 다른 사람의 실수는 쉽게 용서하면서, 자신의 실수를 용납하지 못하는 사람들이 있습니다. 인간이기에 누구나 실수합니다. 마음속 여유를 가져야 합니다.

다섯째, 자주 만나지 못하더라도 연락을 유지하고 관심을 표현하는 것이 좋습니다. 소소한 관심과 배려가 서로의 관계를 오래 유지해 줍니다. 간단한 문자나 안부 전화로 상대의 마음을 확인할 수 있습니다.

가까운 사이일수록 사소한 일조차 관심을 두고 서로에 대해 잘 안다고 생각합니다. 무엇을 좋아하고, 어떻게 대처해야 하고, 어떤 성향인지 알아주기를 바랍니다. 친밀한 사이라서 거리를 조절하지 못해 집착하거나, 모든 걸 아는 사이라고 결정지어 사이를 멀어지게 하기도 합니다. 인간관계, 너무 뜨겁지도, 너무 차갑지도 않은 적당한 거리를 두어야 합니다.

스무 살, 처음 직장 생활을 시작했을 때, 사람들에게 인정받고 싶어서 원치 않는 일을 억지로 한 적 있습니다. 성격 좋은 척, 마음 넓은 척, 착한 사람인 척 버티다가 막판에 한 번을 참지 못해 터져 버리는 일이 종종 있었습니다. 사회생활도, 친구들에게도 그랬습니다. 애초부터 사람들에게 좋은 모습으로 보이기 위해 억지로 마음을 감추며 행동했기에, 어쩌면 당연한 일인지도 모릅니다. 타인에게 괜찮은 사람이라 확인받으려 자신을 속이려 하다니, 어리석은 일이 아닐 수 없습니다.

아무리 가까운 사이라 할지라도, 부모 자식처럼 맹목적으로 챙겨주고 도와주는 관계는 흔하지 않습니다. 부모와 자식 간이라고 해도, 맹목적이지 않은 관계도 있습니다. 제가 태어나자마자 버려진 걸로 봐서 어쩌면, 세상에서 가장 가까운 사이는 부모 자식 사이가 아닐 수도 있다고 생각했습니다.

중학생 사춘기 철부지 시절, 가난한 엄마에게 가슴 아픈 말을 여러 번 했습니다.

내가 쓰는 글이 너에게 닿기를

"엄마가 돼서 이런 것도 안 해 줘? 기본적인 것도 안 해 줄 거면서 왜 나를 데리고 왔어?"

철없었습니다. 오갈 곳 없는 저를 돌봐준 엄마에게 할 말은 아니었는데 말입니다. 엄마 마음에 비수를 꽂았습니다. 그 말은 다시, 부메랑이 되어 제 가슴이 꽂혔습니다.

"부모가 돼서 이런 것도 안 해 줘? 책임을 져야지! 왜 이렇게 무책임해?"

저는 최선을 다해 노력했건만 그런 말을 들으니, 말로 표현하지 못할 속상함에 가슴이 아팠습니다.

최근에는 부모 자식일지라도 한쪽으로만 치우치는 조건 없는 희생은 없어야 한다고 심리 전문가들이 말합니다. 인간관계의 기본이 되는 가족 사이부터 소통하고 공감하고 화합해야 한다고 말합니다. 가족 상담이 늘어나는 추세입니다. 가족도 어려운 세상인데 타인은 오죽할까요?

그렇다면 나빠진 관계를 회복하는 방법에는 어떤 것들이 있을까요?

첫째, 인연을 소중히 여기는 마음을 가져야 합니다. 한 사람을 만난다는 것은 그 사람의 인생이 오는 것이라 했습니다. 나와 인연을 맺는 사람들에게 관심을 보이고, 어떻게든 표현해야 합니다. 상대방을 존중할 때, 나 역시 존중을 받을 수 있다는 사실을 잊지 말아야 합니다.

둘째, 웃어야 합니다. 웃는 얼굴에 침 못 뱉는다는 속담이 있듯, 사람들은 찡그린 사람보다 웃는 사람들을 좋아합니다. 미소진 사람에게 호의를 느끼고, 자신을 웃게 하는 사람을 만나면 기분이 좋아집니다. 또한, 웃음은 스트레스 호르몬 수치를 낮추고 면역력은 높여 건강에도 도움이 되지요.

셋째, 장점을 찾아 칭찬합니다. 싫어하는 사람을 보면 싫어하는 모습이 눈에 들어오고, 호감 있는 사람을 보면 유독 좋아하는 모습만 눈에 띕니다. 멀어진 사이를 개선하고 싶다면, 억지로라도 상대방의 장점을 찾아 칭찬해 보세요. 상대방의 좋은 점을 찾으면서 생각이 긍정적으로 변할 수 있고, 나의 칭찬에 상대방의 감정이 비호감에서 호감으로 바뀔 수도 있습니다.

한 사람으로서 48년, 사회생활 29년, 아내로 19년, 엄마로서 18년 차인 저에게도 인간관계는 너무도 어렵습니다. 가까이 가면 타버릴 듯하고, 멀어지면 추워지는 태양처럼 적당한 거리를 유지해야 합니다. 가깝다고 해서 내 생각과 감정을 강요하면 안 되고, 상대의 개인 공간과 시간을 침범하면 안 됩니다. 적절히 거리를 유지하는 일은 결코 쉬운 일이 아닙니다.

받기만 하는 관계는 상대가 피로를 느끼고, 주기만 하는 관계에서는 내가 지칩니다. 사람과 사람 사이. 정답은 없지만, 소통과 공감이 강조됩니다. 배려하고 양보하는 마음으로 서로를 존중하며 소중하게 여겨준다면, 인간관계가 좋아지는 방법을 굳이 알아보지 않아도 되는 세상이 오지 않을까 생각해봅니다.

모든 사람은 다 다릅니다

장진숙

당신과 나는 다릅니다. 사람들 모두 다르다는 것을 인정하고 받아들여야 합니다. 인도에 가면 같은 장소에서 사계절의 옷을 다 볼 수 있다는 글을 봤습니다. 반소매부터 모피코트까지. 우리도 각자 개성에 맞춰 다양한 마음의 옷을 입고 있습니다. 서로의 옷 취향이 다르다는 것을 인정해야 합니다. 그렇게 우리는 다 다른 생각을 가진 존재인 것을 받아들이는 것으로 사람에 대한 이해를 시작해야 합니다.

3년 전, 의무실 관리 업무를 담당하게 됐습니다. 의무실의 전반적 행정업무(이용 실적 및 약품 등 현황 총괄관리, 관계 법령에 따른 일 등)와 환자가 많거나 간호사가 없을 때 찾아오는 사람들에게 약을 주는 일입니다. 의무실에는 간호사 진희 씨가 5개월 전부터 근무하고 있었습니다. 전에 쓰던 짐을 정리하니 진희 씨가 환하게 웃으며 말했습니다.

"코로나19로 계속 공석이었는데 주사(일반직 6급 공무원 직급)님이 오셔서 좋네요. 오신다고 해서 미리 자리도 치웠어요. 바쁜 데서 일하다 왔다고 들었어요. 여기서는 좀 쉬면서 하셔도 돼요. 저는 보건소 결핵실에서 일하다 여기 왔어요. 결핵환자 서류도 정리하고 주사도 놓고 했는데 바빴어요. 일이 적당히 있는 게 좋아요. 그래도 너무 한가하면 그만둘 수도 있을 것 같아요."

"바쁜 보건소 결핵실에서 일했으면 여기 일을 잘하겠네요. 앞으로 잘 부탁해요."

하루 열 명 남짓도 안 오는 의무실이 무료하다고 느껴 그만둔다고 할지 걱정됐습니다. 어떻게 하면 같이 오래 일할 수 있을지 고민했습니다.

내가 맡은 업무는 전임자가 장기간 공석이었던 자리라 챙겨야 할 일이 많았습니다. 진희 씨가 의무실을 잘 운영하고 있다고 믿었습니다. 진희 씨가 휴가 간 날, 내가 방문객들 약을 주기 위해 약장을 열면서 일은 시작됐습니다. 약장에 붙어 있는 보유 약품 목록과 실제 있는 약이 달랐습니다. 약장은 어수선했고, 유통기한이 임박한 약과 지난 약들이 같이 있었습니다. 유통기한이 가까운 여러 상자의 소화제를 보자 머리를 '쾅' 하고 맞은 것 같았습니다. 보건소 진료실에 근무할 때 동분서주하며 근처 약국에 찾아가고 약품 판매상에 연락해서 유통기한이 임박한 소화제를 유통기한이 긴 약품으로 바꾼 기억 때문입니다. 유통기한이 임박하거나 지난 약과 소모품을 분리하니 A4 한 상자 반이 나왔습니다. 다음날 분리된 A4 상자를 진희 씨에게 내밀었습니다. 그리고 보유한 약품에 맞춰서 약장 속 약품 목록을 정리하고 유통기한이 임박한 약들은 다른 의무실이나 약품 판매상과 교환하라고 했습니다. 순간 그녀의 얼굴에 가면을 쓴 것처럼 표정이 사라졌습니다. 알았다고 해서 표정을 잘못 본 줄 알았습니다. 2시간이면 될 일인데 일주일이 지나도 정리된 약품 목록이 오지 않았습니다. 하루평균 의무실 방문자는 6명입니다. 코로나19로 비대면 교육을 하고 있어 하루 3명 온 날도 있었습니다. 다시 일주일이 지나자 기다리기가 힘들었습니다. 몇 번을 재촉해서 받은 것은 A4 두 페이지 분량의 정렬되지 않은 약품 현황입니다. 3주 기다린 결과가 이거라니 한숨부터 나왔습니다. 의무실에서 근무한 날, 약품 목록을 다시 정리하고 코팅해서 약장에 붙였습니다. 저는 계속 의문이 들었습니다. 너무 한가하면 여기를 그만둘 수 있다고 말했는데 왜 하겠다고 하고 답도 없이 시간을 보내는지 말이죠.

진희 씨가 휴가 쓰는 날이 많아질수록 직원들이 진희 씨에 대해 알려줬습니다. '유통기한이 지난 약을 줬다.', '약품 구매 문서처리도 안 한다.', '바쁜데 팀원들을 도와주려 하지 않는다.' 들은 말이 늘어날수록 진희 씨가 업무하는 날에는 하나씩 더 자세히 보게 됐습니다. 당연히 있다고 생각한 약 복약서, 회사에서 많이 발생할 수 있는 사고의 응급처리 요령, 가까운 의료기관 현황, 보건소 연락처. 아무것도 없었습니다. 진희 씨에게 사고를 대비해서 이런 자료를 마련하자고 했습니다. 진희 씨도 이것들의 필요성을 인정하고 알겠다고 했습니다. 자료 찾기를 힘들어할까 싶어 의무실 근무하는 날은 틈틈이 관련 자료를 모아서 전달했습니다. 한 달이 가도 깜깜무소식입니다. 재촉하니 그제야 '이 일을 왜 자기가 해야 하는지 모르겠다'고 합니다. 못하겠다고 했습니다. 진희 씨가 의무실을 비울 때 자신을 대신

하는 사람이 일을 잘 수행할 수 있도록 관련 자료를 잘 인수인계해야 사고가 발생하지 않습니다. 그런데 이런 태도라니.

팀장과 진희 씨가 면담도 몇 차례 했습니다. 팀장은 진희 씨에게 일을 더 시키고, 일하게 하라고 내게 말했습니다. 변한 것은 없었습니다. 분위기를 풀어보려고 진희 씨에게 말하면 자꾸 어깃장을 놓습니다. 그때마다 몇 번씩 '하~아' 하고, 배 깊은 곳에서 올라온 숨을 뱉었습니다. 시간이 지나자, 진희 씨와 말하면 내 얼굴은 표정이 없어지고 딱딱하게 굳어서 할 말만 하게 됐습니다. 우린 서로 필요한 말 외에는 하지 않았습니다. 내가 의무실 근무하는 날이 늘어날수록 의무실에 새로운 자료들이 생겼습니다. 의무실 보유 약품 현황, 알기 쉽게 정리된 보유 약품 설명서, 가까운 의료기관 현황, 회사에서 발생하기 쉬운 응급상황 대처 방법. 진희 씨가 의무실을 비우거나 의무실에서 트로트를 크게 켜고 있는 모습이 보였습니다. 이런 모습을 볼 때마다 화가 머리까지 올라오고 '진희 씨가 다른 곳에서 일할 때 그녀와 똑같은 동료를 만났으면 좋겠다.' 혹은 '그녀의 자녀가 그녀와 같은 업무 스타일의 동료와 일하게 됐으면 좋겠다.'라고 생각했습니다. 너무 못된 마음 아닌가 고민하기도 하고 같은 성향의 동료와 일하면 서로 이해할 수 있어 악담은 아니지 않냐고 합리화하기도 했습니다. 하루에도 몇 번씩 감정이 요동쳤습니다. 뭐가 얹힌 것 같은 불편한 마음이 계속 남아있고 잠도 안 오니 바빴던 전 부서가 그리웠습니다. 이렇게 계속 있을 수 없었습니다. 변화하고 싶었습니다. 나에 대해 잘 알고 변화할 방법을 찾고 싶었습니다. 지금이 변할 기회라는 생각도 들었습니다. 그래서 직장 내에 있는 '마음 상담'을 신청했습니다.

　　　　　　　　　　　　　　내가 쓰는 글이 너에게 닿기를

성격검사 결과, 나는 중간이 없이 좋은 것과 나쁜 것 혹은 흑과 백으로 명백히 나뉘는 것을 선호하는 일 중심적인 사람이었습니다. 내 성향은 한쪽으로 많이 기울어져 있었습니다. 상담사는 진희 씨와 내가 반대 끝에 있는 사람이라고 했습니다. 우린 서로에게 이야기해도 그것을 받아들이는 것이 다르다고 합니다. A라고 말하면 A로 받아들이는 나와 B라고 받아들이는 진희 씨. 서로 대화하지만 자기의 언어로 이야기해서 서로에게는 외계어로 들렸던 겁니다. 그래서 우리는 말할수록 서로에 대한 오해가 늘어갔습니다. 진희 씨가 처음 내게 했던 '나도 일이 적당히 있는 것이 좋아요. 너무 일이 없으면 그만두고 다른 데 갈 거예요.'를 말 그대로 받아들여서 나는 그녀가 그만둘 것을 걱정했지만, 그녀는 그냥 바쁘게 일했던 나에게 '나도 전에 바쁘게 일해 봤어. 우리 비슷하지. 나 너랑 잘 지내고 싶어.'라는 의미였습니다. 같은 말에 전혀 다른 의미가 있다니 충격이었습니다. 나를 바꿔보자고 상담사를 찾아온 것부터 변화에 성공했다고 상담사가 말합니다. 진희 씨에게 대화를 시도할 방법을 배웠습니다. 내가 할 말을 정리하고 글로 적었습니다. 적은 것을 수시로 읽었습니다. 말을 천천히 할 것, 목소리 톤은 조금 더 내릴 것과 같은 주의 사항도 적으며 연습한 후 그녀에게 메신저로 말을 걸었습니다. 그녀가 나와 이야기하고 싶지 않다고 합니다.

진희 씨와 잘 풀면 이 경험이 다른 사람과의 오해를 줄이는 데 도움이 될 거로 생각했는데 이렇게 끝나서 조금 실망스러웠습니다. 그렇지만 사람들은 각자 자기 생각이 있고 그 생각들과 표현 방법이 다를 수 있다는 것을 경험으로 배웠습니다. 이제는 나와 다른 사람을 보고 그 사람 그대로 '그 사람은 그렇구나.'하고, 받아들이려고 합니다.

경험을 통해 다른 사람들이 나와 전혀 다른 생각을 가진 존재라는 사실을 알게 된 일은 어떤 조언보다 값졌습니다. 사람에 대한 기본 전제인 '모든 사람은 다 다를 수 있다.'라는 사실을 알게 되었으니 말이지요. 그리고 다른 사람의 행동을 보고 '저 사람은 그렇구나!' 하고 넘어갈 수 있게 됐습니다. 나와 전혀 다른 의견을 가졌어도 상대에게 의문을 가지거나 절망하느라 시간을 낭비하게 않게 됐습니다. 언제 어디서든 다른 사람은 나와 전혀 다른 생각을 할 수 있다는 것에 사람들에게 마음을 조금씩 열 수 있게 됐습니다. 앞으로 사람과의 관계가 나의 삶을 더 풍성하게 만들어줄 거라는 기대도 생겼습니다.

내가 쓰는 글이 너에게 닿기를

좋은 관계를 위해 '혼자임'을 스스로 선택할 것

정가주

"뭐? 반장이 실로폰을 안 가져왔다고? 너 뭐 하는 거야? 앞으로 나와!"

4학년 5반, 학교에서도 제일 무섭다는 주임 선생님 반이었다. 음악 시간, 까랑까랑한 목소리로 긴 막대기로 탁자를 탁탁 세게 두드리며 실로폰 검사를 했다. 순간 가슴이 철렁 내려앉았다.

'아, 어떡해….'

반 친구들이 보는 앞에서 앞으로 불려 나가 한쪽 뺨을 맞았다. 시큰거렸다. 하지만 아프다는 생각보다는 친구들 앞에서 망신당했다는 생각에 며칠 밤을 말도 못 하고 끙끙거렸다.

"어떻게 네 엄마는 학교 일에 신경을 하나도 안 쓰시니? 반장 엄마가!"

고함을 지르는 선생님 앞에서 나는 죄인이 된 것처럼 마음이 쪼그라들었다. 선생님은 이런저런 이유로 엄마를 자주 학교로 호출했다. 환경 미화 시간은 물론이고 작은 행사 때마다 도와주길 원했다. 하지만 엄마는 학교에 오지 않으셨다. 어릴 때는 사람들에게 관심받고 착한 아이로 인정받는 것이 좋았다. 얌전하고 말수는 없었지만, 반에서 인기 있는 친구와 친하게 지내고 싶었고, 나도 그런 친구에게 관심을 받고 싶었다.

'아, 이제 친구들도 나를 싫어하겠구나.'

그 사건 이후로 먼저 친구에게 다가가는 게 힘들었다. 친구들 눈치를 봤다. 대여섯 명이 추운 겨울날 갑자기 선생님을 뵈러 간다고 했다. 속으로는 '난 가기 싫어'라고 말하고 싶었지만 아무 말도 못 했다. 친구들까지 나를 미워하고 싫어한다는 게 싫어 적당히 타협했다. 내가 더 잘하려고 애를 썼다.

결혼하고 아이를 키우면서 내 핸드폰에 저장된 번호들을 하나둘씩 삭제하면서 관계를 정리하기 시작했다. 수 천장의 사진을 하나하나 보면서 삭제하려니 시간이 오래 걸렸다. 아이들 사진과 여행지에서의 풍경 사진, 사람들과 함께 한 사진도 많았다. 불과 몇 개월 전까지 만나서 웃고 떠들었던 사람들인데. 이제는 전화도 카톡도 안 하는 사이다. 사진을 지우면서 연락하지 않는 사람들의 번호도 함께 버렸다. 카톡에 떠 있는 사람들의 목록도 함께 사라졌다. 몇 년 동안 연락 한번 없이 지냈는데 카톡으로 결혼 소식을 전하며 온라인 축의금 안내를 보내는 사람, 프로필 사진이 바뀌어 카톡으로 안부를 보

내가 쓰는 글이 너에게 닿기를

냈는데 확인조차 하지 않는 사람, 먼저 연락하는 것도 어색한 사이가 되어버린 지난 인연들. 오랜 친구였지만 질투와 시기로 관계를 흐리는 사이. 그 많은 사람과 관계 맺으면서 에너지를 썼다고 생각하니 피식 웃음이 나왔다.

요즘은 온라인상에서 공감 표시 하나로 금방 이웃을 맺고 소통을 시작한다. 나와 비슷한 취향을 가진 이웃들의 좋은 글엔 다정한 댓글을 남기기도 한다. 어쩌다 한 번씩 전화로 소식을 주고받는 친구들보다 더 친숙하게 느껴지는 이웃도 있다. 아이들이 어릴 때부터 블로그로 소통한 이웃이 있다. 좋은 그림책을 나누고 서로의 안부를 묻고. 그런 아이들이 학교를 졸업하고 커가는 모습을 사진으로 보며 응원한다. 얼굴도 모르는 사이지만 소중한 이웃이 되어 소식이 뜸해지면 궁금해지기도 한다.

최근 들어 블로그 이웃이 많이 늘었다. 서로 이웃 추가를 하면 나도 이웃이 하나 늘고, 상대방도 늘어난다. 이웃 수가 늘어나니 조회수도, 댓글도 많이 늘었다. 내 블로그에 들어오는 방문자 수가 워낙 적었기 때문에 처음에는 기분이 좋았다. 하지만 새 글이 올라오면 읽어야 할 글이 너무 많아졌고. 정작 정말 오랫동안 인연을 맺어온 이웃들의 글은 지나치기 일쑤였다. 이게 맞는 건가 싶었다. 오프라인에서도, 온라인에서도 모든 사람과 좋은 마음을 주고받을 수는 없다. 하루에도 수백 건씩 올라오는 단톡방의 메시지들과 글들을 읽지 못하고 흘려보내자니 마음 한구석이 찝찝했다. 내가 감당할 수 있는 적정한 관계의 선이 있음을 깨달았다.

삶도 인간관계도 단순해져야 한다. 정말 중요한 것만 남겨야 삶이 가벼워지듯이 사람 사이도 마찬가지이다. 다 정리하고 남은 연락처를 보니 단출하다. 썰렁한 내 핸드폰 연락처를 보니 나에게 중요한 사람들만 남았다. 이제 다른 사람에게 쓸 에너지를 나에게 쓴다. 먼저 따뜻한 안부를 전하는 친구, 바쁜 일상을 사느라 자주 연락 못해도 만나면 언제나 긍정 에너지를 뿜어내는 사람들, 전화하면 반갑게 인사하고 다정한 대화를 나누는 사이. 그런 사람들 덕분에 모든 사람에게 사랑받지 않더라도 '괜찮은' 사람이 되어간다. 여전히 친구와 만나서 커피 마시며 수다 떠는 것으로 스트레스를 풀 때도 있지만, 다른 사람들에게 신경 쓰는 시간보다는 나만을 위한 시간을 더 많이 갖는다. 적당한 거리를 두면서 누군가가 나를 꼭 좋게 보지 않더라도 전전긍긍하며 속앓이하기보다는 '나와 결이 맞지 않는다'라는 걸 그냥 인정해버린다.

집 앞에 새로 생긴 로봇 카페에 갔다. 키오스크에서 커피 메뉴를 검색하고 카드로 결제하니 옆에 있는 로봇이 움직이면서 커피를 추출하기 시작한다. 주문 번호를 누르고 커피를 받아 자리에 앉았다. 카페엔 혼자 있는 사람들이 대부분이다. 조용한 음악이 흐르고 각자 책을 읽거나 핸드폰을 만지작거리거나 노트북을 펴고 일을 하고 있다. 혼자 있는 시간이 좋다. 누구에게도 방해받지 않고 좋아하는 일을 할 수 있다. 책을 읽거나 글을 쓰거나 공부하거나. 혼자 있는 시간을 보내면서 나를 더 챙기며 사랑하게 되었다. 내가 좋아하는 것, 내가 하고 싶은 것, 앞으로의 꿈에 대해서도 자주 상상한다. 나를 먼저 챙기고 사랑하는 사람이 타인과의 관계도 잘 맺는다. 스스로 '혼자'를 자처하는 시간을 많이 가질수록 인간관계도 좋아진다. 누구나

내가 쓰는 글이 너에게 닿기를

내면 깊숙이 자기만의 방을 만들 수 있다. 그곳을 자주 드나들며 혼자 있는 자유와 고독을 선택할 때 삶은 더 풍요로워진다.

그러니 '혼자 내버려지는 것'에 신경 쓰지 말고 스스로 '혼자임'을 선택할 것!

투덜이 술꾼이 웃게 된 이유

정인구

"행운은 빈다고 오는 것이 아니라 웃음으로 만드는 것입니다, 크게 웃으세요! 신나게 웃으세요! 손뼉을 치며 온몸으로 웃으세요! 웃음은 신체와 정신적인 건강을 촉진할 뿐만 아니라 인간관계도 좋아집니다."

웃는 것이 건강에 좋습니다, 웃으면 복이 온다는 것은 삼척동자도 알고 있습니다. 그러기에 삼척동자는 눈만 마주쳐도 웃습니다. 한국웃음연구소 조사 결과 아이들은 하루 400번 웃는 데 비해 성인들은 겨우 6~7번 웃는다고 하지요. 웃는 것도 몇 초를 못 넘깁니다. 한번 웃을 때 넉넉잡고 10초 정도 웃는다 쳐도 하루 1분, 80년을 산다고 봤을 때 웃고 즐기는 시간은 고작 20일(1분*365일*80년/1,440분)도 안 된다는 이야기지요.

웃는 것이 좋다는 것은 알지만, 어디 세상이 웃을 일이 있어야 웃지요. 현대인들은 당장 먹고살기도 바쁩니다. 더구나 고물가, 경제 침체 등 사는 게 녹록지 않은데 어찌 웃습니까? 라며 반박하는 분들

내가 쓰는 글이 너에게 닿기를

도 있을 줄 압니다. 그렇다고 인상 쓰고, 찡그린다고 이러한 문제들이 해결될까요? 문제가 해결되지 않는다면 웃으며 사는 삶이 훨씬 더 행복합니다.

'술을 잘 마시는 사람이 일도 잘한다?' 제가 술 마시는 것을 합리화하기 위해 자주 썼던 말입니다. 물론 술을 잘 마시는 사람이 대인관계가 좋고, 일도 잘하는 사람도 있습니다만 저는 예외였습니다. 직장에서 잘 나가려면 상사에게 잘 보이는 것이 전부인 줄 알았지요. 상사가 가자는 술자리는 다 따라갔습니다. 일보다 아부하는 게 특기였습니다. 허구한 날 술이니 실적이나 성과가 좋을 리 없었지요. 안되는 실력을 술로 뭉갰습니다.

승진은 심사로 이루어집니다. 승진 대상자 중 실적이나, 평판, 발전 가능성, 지역별 안배 등 승진심사위원회에서 엄격한 심사를 통해 대상자를 선발합니다. 저를 승진시킬 만한 탁월한 실적이나 능력이 있는 것도 아니고, 그렇다고 열심히 일한 것도 아닌데 승진탈락이 받아들여지지 않았습니다. 4년 넘게 떨어지다 보니 말이나, 생각이나, 행동이 불평불만만 하는 '투덜이'로 변해갔습니다. 자신감도 없어지고, 자존감은 비가 온 뒤 아스팔트에 붙은 젖은 낙엽 같았지요. 사람들이 싫어지고 매사가 부정적인 사람으로 변했습니다. 내가 하는 말, 생각이 곧 나 자신이 됩니다.

승진 시즌이 되면 교회에 가서 승진시켜 달라고 기도했습니다. 하나님이 79억 명의 기도를 다 들어줄 리 만무하지요. 평소 친한 사람이 부탁해도 들어줄까 말까 한데, 자기가 필요할 경우만 교회 가서 애걸복걸한다고 기도를 들어줄 신이 있을까요? 감나무 밑에서 입 벌리고 홍시가 떨어지기를 바라는 꼴이었지요. 술을 끊었습니다. 매일 아침 4시 30분이면 기상합니다. 찬물로 샤워하면서 확언문을 낭독하고 거울을 보고 입꼬리를 올렸다, 내렸다를 반복하며 웃는 연습을 합니다. 방으로 와서 Zoom을 켭니다. 801일째 '미라클 모닝(아주 특별한 아침 만들기)' 모임을 5시~6시까지 합니다. 명상하고, 일기 쓰고, 독서하고, 글 쓰는 루틴을 매일 합니다. 월요일, 수요일 저녁 각 2시간씩 글쓰기 강의를 듣습니다. 목요일 1시간 문장 공부도 합니다. 매주 화요일 저녁은 책 쓰기 강의를 1시간 30분 합니다. 매월 1회 부부독서 모임을 합니다. 매월 1, 3주 토요일 아침 7시~9시 부산 큰솔나비 독서 모임을 운영하고 있습니다. 이런 일련의 배움과 루틴에서 서로 응원하고 손뼉을 치고 웃으며 힘찬 하루를 시작합니다. 내 주변은 긍정적인 사람들로 차고 넘칩니다. 직장에서도 독서 모임을 만들고, 독서 코칭, 자기 경영관리, 기록관리, 바인더 활용법, SNS 활용법 등 배운 것을 나누어 주었습니다. 국장실을 개방하고 항상 웃는 얼굴로 직원들과 격의 없이 지냈습니다. 기적 같은 일이 일어났습니다. 본부에서 '서기관으로 특별승진'되었다는 연락이 왔습니다.

미라클 모닝이든, 글쓰기 수업이든, 독서 모임이든 만나는 사람을 보면 무조건 활짝 웃습니다. 노만 카슨스 박사는 "웃음은 스트레스의 방탄조끼다."고 했습니다. 웃음은 스트레스 해소의 특효약입니다. 웃다가 보면 주변이 모두 웃는 사람, 긍정적인 사람들로 채워지는 경험을 합니다. 새벽부터 웃는 하루를 시작합니다. 엘리베이터에서 만나는 사람마다 웃으며 인사합니다. 경계의 눈초리로 째려보는 사람도 있지만 개의치 않습니다. 경비아저씨, 청소 아주머니, 보이는 사람은 모조리 인사합니다. 주변에서 "나이를 거꾸로 먹느냐?", "아주 젊어졌다", "무슨 좋은 일이 있느냐", "피부가 좋아졌다."고들

내가 쓰는 글이 너에게 닿기를

합니다. 빛이 어둠을 물리치듯, 웃는 마음이 불평을 몰아내고 행운을 몰아옵니다.

할 일이 많아서 늙을 시간이 없습니다. 오전 4시 30분에 일어나 오늘과 내일이 만나는 시간에 취침합니다. 하루가 25시면 좋겠습니다. 내 주변은 온통 책 읽고, 글 쓰고 자기 계발하는 사람들, 늘 긍정적이고 활력이 넘치는 사람들로 차고 넘칩니다. 표정도 한결같이 밝습니다. 내 삶도 그들과 함께 물들어갑니다. 좋은 일이 있을 때는 당연히 웃지만, 안 좋은 일이 있을 때도 억지로라도 웃습니다. 그러면 나도 모르게 힘든 것이 사라지고 웃고 있는 나를 봅니다.

저는 '내려놓음 웃음루틴 3가지'를 실천하고 있습니다.

첫째, 사람들을 있는 그대로 인정해 줍니다. 내가 좋아하는 사람과 싫어하는 사람도 있고, 당연히 이해하지 못할 사람도 있습니다. 그냥 그대로 받아주고 고치려고 하지 않습니다. 비움이 웃음을 만듭니다.

둘째, 리더는 먼저 돈을 내는 사람입니다. 찻값도 먼저 내고, 밥값도 먼저 냅니다. 내가 손해 보는 것 같지만 곱절로 되돌아오는 것을 경험하고 있습니다. 내는 사람이 웃음을 만듭니다.

셋째, 웃음은 기분 좋을 때만 웃는다? 는 고장 난 생각을 버립니다. 매일 아침 집을 나설 때 "오늘 나는 웃음을 선택한다."고 복창하고 웃으면서 하루를 시작합니다. 선택이 웃음을 만듭니다.

사람들이 가장 선호하는 단어가 '성공', '행복'이라는 조사 결과가 있습니다. 성공한 사람들이란 자기가 바라는 환경을 찾고, 만들어 내는 사람들입니다. 행운(복)은 빈다고 오는 것이 아니라 웃음으로 만들어 가는 것입니다. 내가 웃으면 주변이 웃습니다. 주변이 웃으면 우주가 웃습니다. 2024년 한 해 동안 나를 변화시킬 'One word'를 '신나게'로 정했습니다. '신나게'의 '신'은 내 안에 있습니다. 신나게는 내 안에 있는 신을 밖으로 나오게 한다는 의미입니다. 그 신이 밖으로 나오게 오늘도 크게 웃고, 손뼉을 치며 웃고, 배를 잡고 온몸으로 웃으며 하루를 삽니다. 시도 때도 없이 미친 듯이 웃으면 세상도 나와 함께 웃습니다. 불광불급(不狂不及), 미쳐야 미치는 세상입니다.

내가 쓰는 글이 너에게 닿기를

인간관계도 다이어트가 필요하다

황상열

      며칠 전 오랜만에 1년간 연락이 없던 지인과 통화했다. 안 그래도 어떻게 지내는지 궁금했던 차였다. 먼저 몇 번 전화했지만, 통화가 되지 않았다. 무슨 일이 있는지 걱정했지만, 무소식이 희소식이란 말처럼 별일 없을 것이라고 잊고 지냈다. 전화 받자마자 반갑게 인사했다.

"잘 지내셨어요? 안녕하세요."
"오랜만이네요. 황 작가님은 어떻게 지내셨어요?"
"저도 뭐 많은 일이 있었네요. 요새 다시 정신 차리고 조용히 지내고 있습니다."
"저도 올해 참 다사다난했네요. 올해 초까지 사업이 잘 풀렸어요. 하지만 예기치 않은 사건으로 다 정리했어요. 손해도 많이 봤네요."
"무슨 일 있었어요?"

그는 온라인 쇼핑몰 사업과 해외 구매대행을 위주로 활동하면서 많은 제품을 팔았다. 사업수완이 좋아서 여러 사람이 그에게 동업하자는 제안을 많이 했던 것으로 기억한다. 자기 주관이 뚜렷한 사람이다 보니 자신이 믿을 사람이 아니라면 다 거절했다.

봄에 다른 지인에게 한 사람을 소개받았는데, 참 친절하고 싹싹하게 말을 잘 들어주었다고 했다. 사업 이야기는 하지 않고, 이것저것 선물이나 음식도 챙겨주면서 개인적인 친분을 쌓았다. 그를 신뢰하게 되자 본인이 먼저 자신이 하는 사업을 도와줄 수 있냐고 제의해서 흔쾌히 그 사람도 같이 일하게 되었다. 그런데 그것이 화근이 되었다고 전하면서, 한숨을 쉬었다.

그를 너무 믿었는지 쇼핑몰 아이디와 비번도 공유하고 매출 관리도 전적으로 맡겼다. 몇 달 동안 매출을 더 일으키는 능력까지 보여주니 더 신뢰하게 되었다. 그러다가 얼마 전 그가 올해 벌었던 모든 돈을 가지고 잠적하면서 연락이 두절되었다고 한다. 여기저기 수소문했지만, 찾을 수가 없었다.

그러다가 그에게 그동안 잘해주셔서 감사했고, 찾지 말라는 한 통의 문자 인사가 끝이었다. 한순간에 모든 재산을 잃어버린 지인은 망연자실했다. 그 일이 터진 것이 11월 중순이었다. 배신당했다는 느낀 지인은 매일 술 마시면서 그 사람을 원망했다.

짧게 들었지만, 너무 안타깝고 나도 화가 났다. 지인도 다시 정신 차리자고 마음먹고 절대로 사람은 믿을 수 없게 되었다고 전했다. 뭐라고 위로하기가 애매해서 나중에 다시 통화하자고 인사를 나눈

내가 쓰는 글이 너에게 닿기를

뒤, 마무리했다. 세상에 정말 믿을 사람 없다는 말이 실감 났다. 지인의 목소리에서는 깊은 불안이 느껴졌다. 마음이 불안하다 보니 나에게 전화했다는 한마디에 뭔가 모르게 찡했다.

나도 요새 마음이 참 불안했다. 나름대로 글도 쓰고 시간이 있을 때마다 명상과 운동을 병행했다. 하지만 그래도 나아지지 않았다. 마음이 불안하다면 그 원인을 찾아서 해결해야 한다. 내가 생각했을 때 마음이 불안해지는 이유가 인간관계가 큰 지분을 차지한다. 즉 불필요한 관계가 많을수록 마음이 불안하다. 굳이 만나서 에너지가 소진되는 느낌이 든다면 어떻게 해야 할까?

나도 나이가 들면서 혼자 지내는 것이 편해졌다. 사람을 좋아하는 성격이라 모임이 있거나 약속을 먼저 잡아서 만났다. 좋을 때는 좋은데, 만나다 보면 쓸데없는 대화를 이어나가거나 지적당하다 보니 불편했다. 시간을 내어 나갔는데, 헤어지고 나면 남는 게 없고 허무했다. 즉 이런 관계를 '정리'하는 것이 먼저였다.

마음이 불안할 때 청소나 정리하라는 이야기가 와닿지 않았다. 그러다가 아침에 일어나서 이불을 개거나 책상 정리하면 마음이 편안해졌다. 자연스럽게 나와 맞지 않은 인간관계도 정리하기 시작했다. 만나서 불편하게 느껴지는 사람이 있으면 먼저 연락하지 않았다. 연락이 와도 적당한 거리를 유지했다. 친구가 없다고 해서 외로운 게 아니다. 관계를 단조롭게 하고 일상을 단순화시키니 마음이 좀 더 한결 가벼워졌다.

혹시 마음이 불안한가? 아마도 관계에서 오는 스트레스가 가장 많을 것이다. 나의 에너지를 갉아먹거나 소중한 시간을 뺏는 관계라면 빨리 정리하자.

인간관계를 잘하고 싶다는 사람이 많다. 나도 관계를 잘하지 못하는 사람이라 해결책은 책이나 강의에서 찾아보곤 한다. 데일 카네기의 《인간관계론》을 관계의 문제가 생길 때마다 읽는다. 필요한 부분만 찾아서 읽어보고 적용하면 해결이 되는 경우가 많았다. 오늘은 고대 중국의 유명한 노자가 이야기한 인간관계 5계명을 살펴보고 내 생각을 정리해 보았다.

첫째, 진실함이 없는 말을 늘어놓지 말아라. 둘째, 말 많음을 삼가라. 셋째, 아는 체하지 말라. 넷째, 돈에 너무 집착하지 말라. 다섯째. 다투지 말라.

노자가 말한 인간관계 5계명을 보니 시대는 변했지만, 그 과거에도 인간관계의 본질은 변함이 없다. 위 5가지 계명 중 하나만 반대로 행동하면 관계가 좀 더 피로하지 않았을까? 일련의 사건을 거치면서 다짐한 게 있다. 쓸데없는 말을 줄이고, 필요한 말만 하기, 돈에 집착하지 말기, 싸우지 않기 등이다. 내가 가지고 있는 단점도 이유가 있으면 고쳐야 한다.

내가 쓰는 글이 너에게 닿기를

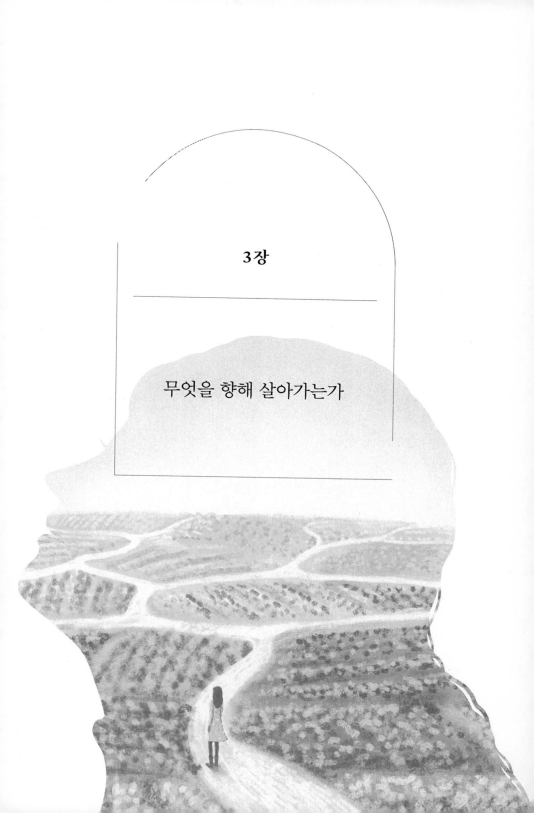

3장

무엇을 향해 살아가는가

변곡점의 시간

김혜련

　　　　　　동대구역을 출발하여 김천구미역에 내렸다. 서울에서 기차를 타고 B 코치가 온다. 대면으로 코칭 받는 날이다. 나이 60이 넘어도 가르치는 자 앞에선 항상 아이라는 생각이 들었다. 귀한 걸음, 그 시간을 소중한 기회로 만들고 싶었다. 평범한 삶이 아주 특별한 삶으로 바뀌길 기대했다. 너무 늦은 듯하지만 내 인생 변곡점의 시간이길 바랐다. 구본형 작가의 《깊은 인생》에서 간디의 마리츠버그 역이 생각났다. 인종 편견으로 시작하여 위대한 지도자로 인도인의 권리를 생각하는 시작점이 된 마리츠버그 역이다. 그 하룻밤이 간디에게 인생 터닝포인트가 되었다. B 코치와 만남은 감히 깊은 인생으로 들어서는 변화의 순간이 될 수 있을까?

　코로나로 3년 동안 비대면 시기였다. 줌(ZOOM)에서 만난 코치다. 2021년 지인의 소개로 '438 새벽 기상' 단톡방에 가입했다. 올빼미형에서 아침형 인간으로 탈바꿈했다. 자기 안의 거인을 깨울 수 있는 동기부여가 되었다. 단톡방 이름이 '438 새벽 기상'인 것은

　　　　　　　　　　　　　내가 쓰는 글이 너에게 닿기를

4시 38분 즈음 집에서 출발하면, 5시 38분 신림역에 첫 번째 도착하는 지하철을 탈 수 있기 때문이다. B 코치가 회사 입사 후 100일 동안 '1등으로 출근하는 루틴 만들기'로 마음먹은 시간이었다. 일이 서투르니 남들보다 일찍 업무를 시작하는 것이 성과를 낼 수 있는 유일한 길이라 생각했다. 그러나 매일의 루틴보다 일찍 일어나 확보한 시간을, 어떻게 활용할 것인가? 킹핀을 알아차리는 것이 더 중요하다 하였다. 그렇다. 그 킹핀을 코칭 받고 싶어 동대구역에서 김천구미역으로 출발하였다. 기차 시간에 따라 몰려다니는 사람들. 익숙한 듯 익숙하지 않은 이 느낌. 혼자 남겨진 듯한 낯섦. 창밖엔 2월의 찬 바람이 부딪힌다. 부딪치고 깨어져 보았던 세월을 지났는데도 아직 홀로는 낯설다. 수많은 길을 걸었다. 길의 종류만큼 이어지고 헤어지며 헤매고 익숙해졌다. 오늘 만남의 길에서 또 꿈을 꾼다. 평행선 철로 위를 달리는 열차처럼 직선과 곡선, 속도에 따라 인생을 운행하고 싶다는 간절함이 만남을 이끌었다.

'작심 스터디카페 김천 혁신점'에서 마주 앉았다. 일상의 건강 관련 이야기로 시작했다. 계단 오르기를 권했다. 내려올 때는 무릎 관절을 보호하기 위해 엘리베이터 타는 것이 좋다 하였다. 꾸준한 비타민 섭취와 새벽 영웅이 되기 위한 행동 규칙도 알려주었다.

첫째, 수면 관리는 오후 10시 취침하며 새벽 3시까지 수면의 양채우기
둘째, 식습관 관리는 잠자기 4시간 이전 공복 유지하기
셋째, 운동 관리는 쉽게 할 수 있는 맨발 걷기와 눈 운동과 영양제 먹기

넷째, 목표관리는 목표를 설정하고 시간에 맞추어 꾸준히 할 수 있는 것 하기

대화의 문들이 하나씩 열렸다. B 코치의 저서 《빅 커리어》에서는 일의 4단계를 학업(1세~30세), 의업(31세~50세), 근업(51세~70세), 전업(71세~100세)으로 구분했다. 학업(1세~30세), 의업(31세~50세) 시기에는 동료와 친구보다 성장이 빨랐다. 석사, 박사 학위와 다양한 수상 이력은 목표를 향하여 내달렸던 결과물이다. 한 고지 넘으면 또 한 고지를 점령했다, 수많은 프로젝트를 '할 수 있다'라는 신념으로 이겨내었다. 근업(51~70)의 시점에서 '정체기'다. 도약의 시간이 필요하였다.

B 코치와 만남은 정체기 인생의 꿈과 마지막 목표가 글 쓰는 것임을 확인했다. 인생의 복원 작업을 통해 내가 살아낸 기록을 반추해 보고 싶었다. 남은 인생 방향을 잘 설정하는 삶이 필요했다. 이제 더 성장하려고 도전하는 것은 아니다. 예전에는 우월함과 성과에 대한 욕구가 컸다. 지금은 성장보다 뿌리를 내리려는 안정적인 '안착'이 필요하다. '한계'를 초월하는 배움! '무의식'의 세계까지 가치를 향한 실행력이다. 방향키를 잘 잡아야 흔들리지 않고 항해할 수 있다. 배의 선장은 나다. 평생 일할 수 있다는 것은 축복이지만 하기 싫은 일을 매일 억지로 반복해야 한다면 삶을 고단하게 하는 재앙이 될 수도 있다. 재앙이 아닌 축복으로서 일하려면 더더욱 목표가 중요하다. 왜 작가가 되려고 하는가? 빅 커리어를 위한 준비 작업이다. 빅 커리어(Big Caree)란 단순 직무를 벗어난 나만의 업(life work)을 찾고 현재의 자리에서 업을 개척하고 만들어서 미래를 준비하는 과정이

내가 쓰는 글이 너에게 닿기를

다. 즉, 경력을 잘 쌓아 대체 불가능한 사람이 되는 것이다. 자기의 일을 이해하는 깊이가 깊어질수록 자연스럽게 일에 속도가 붙는다.

그림책 《프레드릭》의 프레드릭처럼 햇살, 색깔, 이야기 모으기를 하고 있다. 틈새 시간에 블로그 쓰기, 독서하기, 서평 쓰기를 조금씩 모았다. 일도 해야 하고 살아내는 것에 바빠 진도는 느렸다. 돌담 사이로 찬바람이 스며들 때 "네 양식들은 어떻게 되었니, 프레드릭?" 들쥐들의 물음에 금빛 햇살, 보여지는 색깔들, 4계절 이야기를 들려준다. 모든 들쥐가 "프레드릭, 넌 시인이야!"라고 감탄할 때 "나도 알아."라고 수줍게 말하는 프레드릭이었다. 인정받고 인정하는 그림책의 마지막 장면. 깊은 인생을 살아가려는 나도 알았으면 좋겠다.

첫째, 삶의 여정에서 조금은 다르게 살고 싶어 했다는 것과 열정적으로 하고 싶은 일을 했다는 것

둘째, 아직 더 배우고 싶어 하며 하고 싶은 일을 찾아다닌다는 것

셋째, 순간순간을 충실하게 살아야 한다는 것과 환경 세팅 속에 루틴대로 살아가야 한다는 것

이 모든 일은 목표를 세울수록 아이디어는 넓어지고 깊어진다. 지금도 김천 구미역을 지날 때면 절실했던 그 시간이 떠오른다. 새로운 꿈이 떠오르면 이미 꾸었던 꿈이 더 구체화 된다는 것을.

기쁘고 행복하면 그만!

서주운

　　　　　꿈이 없다는 사람 많습니다. 목표 없이 하루하루 살아가는 사람도 수두룩합니다. 주어진 삶, 반복되는 일상에 안주하며 생각 없이 살아갑니다. 무슨 꿈이냐며 그냥 하루 버티는 것도 힘들다 말합니다.

　저도 꿈꾸지 않았던 때가 있습니다. 하루하루 살기 바빴거든요. 흐르는 대로 살아갔습니다. 공부해서 대학 가고 졸업할 때는 취업 걱정하고 취업해서는 월급 받으며 다람쥐 쳇바퀴 돌 듯 그렇게 살았습니다. 멈춤이 필요했습니다. 이렇게 살아도 되나? 이렇게 사는 게 맞나? 그 질문에 집중하기 시작했습니다. 그리고 꿈을 꾸었습니다. 꿈을 정의하자면 세 가지로 표현할 수 있습니다.

　첫째, 꿈은 잠자는 동안에 깨어 있을 때와 마찬가지로 여러 가지 사물을 보고 듣는 정신 현상을 말합니다.

　둘째, 꿈은 실현하고 싶은 희망이나 이상입니다.

　셋째, 꿈은 실현될 가능성이 아주 적거나 전혀 없는 헛된 기대나

　　　　　　　　　　　　　내가 쓰는 글이 너에게 닿기를

생각을 의미합니다.

흔히 우리는 꿈이나 목표를 말할 때 두 번째 꿈을 이야기하는 것이지요. 경험 없고 어린 나는 세 번째 헛된 꿈만 한없이 꾸기 시작했습니다. 500억 자산의 CEO가 되어야지! 세계부자가 될 거야! 교수도 되고 싶어! 조물주 위에 건물주라고 하던데 내 이름으로 된 건물을 짓고 싶어! 어처구니가 없는 노릇이지요. 월급 500도 못 벌면서 500억이 말이 되나요? 세계부자는 얼마 정도의 재산을 가지고 있어야 세계부자일까요? 교수는 아무나 시켜주나요? 그에 맞는 자격을 갖추어야지요. 건물주는 둘째치고 내 이름으로 된 상가라도 갖고 있으면서 말해야 하는 거 아닙니까? 허파에 바람만 잔뜩 든 것이지요. 매스컴에 들리는 이야기, SNS에 보이는 모습들에 눈이 돌아간 겁니다. 이런 헛된 꿈은 나에게 도움이 되지 않았습니다. 꽉꽉한 삶에 허하기까지 했습니다. 매일 한숨만 쉬었지요. 아빠가 자주 하던 말이 생각납니다.

"너무 애쓰지 마라."

입으로 알겠어, 대답하고 마음으로는 왜 애를 쓰지 말라고 하는 거야? 더 애를 써야 더 잘 되고 잘 살지! 그렇게 생각했습니다. 진정한 그 말의 의미를 그때는 몰랐던 것이지요. 이제는 어렴풋이 알 것 같습니다. 아등바등 열심히 힘겹게 살지 않아도 충분히 행복하다는 것을. 너무 잘 살려고 돈에만 급급하게 매달리지 않아도 인생 더 의미 있는 것들이 많다는 것을요.

인생의 의미와 가치는 책을 만나 알게 되었습니다. 책 속 다른 사람들의 생각, 인생을 대하는 태도, 더 나은 삶의 의미, 그리고 내가 할 수 있는 일들, 내가 해야만 하는 것들에 대해 배웠습니다. 진정한 꿈, 목표가 생긴 것이지요. 꿈의 정의 두 번째, 실현하고 싶은 희망이나 이상을 꾸게 되었습니다. 저 멀리 희미하게 보이지도 않았던 나의 꿈과 목표가 선명해졌습니다. 손에 잡힐 듯이 뚜렷해졌습니다. 인생 앞길 보이지도 않고 꿈도 없다면 지금 내가 무엇을 향해 살아가고 있는지 잠깐 멈춰서 생각하는 시간을 가졌으면 좋겠습니다. 이렇게 살아도 되나? 이렇게 사는 게 맞나? 이게 최선인가? 이 질문의 답을 스스로에게서 찾아보기 바랍니다. 꿈과 목표가 생겼다면 이젠 그 꿈을 적어봅니다. 실현 가능한 희망과 이상으로 내 능력치보다 좀 더 크게 목표를 잡아 봅니다. 그리고 그 꿈과 목표를 이루기 위한 실천 방법들을 아주 작게 쪼갭니다. 책 출간이 목표라면 언제 책을 낼지 날짜를 정합니다. 그 날짜를 맞추기 위해 하루 한 꼭지, 여기서 한 꼭지는 A4용지 1.5매를 말합니다. 정해진 분량만큼 글을 쓰는 것입니다. 라이팅 코치로 책을 읽고 글 쓰는 삶의 가치를 전하는 꿈이 있습니다. 그렇다면 매일 책을 읽고 블로그에 글을 공유합니다. 작가로 라이팅 코치로 글을 쓸 수 있도록 동기부여 하며 강의를 하면 됩니다. 그 꿈과 목표를 이루기 위한 작은 일들을 매일 하는 것이지요. 교수가 되고 싶은 꿈과 목표가 있다면 원하는 과를 선택하고 바라는 대학원을 등록하고 학업에 충실하여 학점을 이수하고 논문을 쓰면 되겠지요. 꿈과 목표를 이루는 것보다 더 중요한 것이 있습니다. 먼저 그 꿈을 이룬 사람처럼 행동하고 그 꿈의 여정을 즐겨야합니다. 난 이미 그런 사람이야 생각하면서 내가 할 수 있는 작은 방법들을 재미있게 실행해야만 이룰 수 있습니다. 다만 당부드리고 싶은 것은 그 결정과 선택이 모두 나 자신이어야 합니다. 남 보기에 좋아서 아니면 부모님이 그렇게 하라고 해서가 절대 아닙니다. 스스로 꿈꾸고 그 목표가 선명하게 보이고 상상하면 설레야 합니다. 내가 정한 꿈과 목표를 이루기 위해 계획하고 도전하고 하나씩 성취해 가는 과정들이 신나야 합니다. 진짜 우리는 무엇을 향해 살아가는 것일까요? 단순히 꿈과 목표요? 아니라고 생각합니다.

인생, 살아가는 순간마다 기쁘고 행복하면 그만입니다. 그게 진정한 의미와 가치 아닐까요? 꿈과 목표를 향해 살아가면서 항상 불평불만에 투덜대는 게 일상이라면 그 꿈과 목표를 이룬다 한들 무슨 의미가 있을까요? 불행해지려고 사는 게 아니라는 건 세 살 먹은 아이도 아는 진리일 테고요. 우리는 살아가는 그 여정 속에서 꿈과 목표를 이루면서 즐겁고 기쁘고 행복하게 살아낸다면 그게 인생 전부인 것 같습니다. 그 행복을 만나는 데 독서와 글쓰기가 큰 역할을 해 주었습니다. 독서는 인생 방향과 올바른 선택의 지혜로움을 주었습니다. 글쓰기는 나를 성찰하고 좀 더 나은 모습으로 성장할 수 있도록 도와주었습니다. 독서와 글쓰기는 인생을 대하는 태도와 관점을 바꿔주었지요. 삶의 감사와 행복을 늘 일깨워 주었습니다. 매일 웃으며 작가로 라이팅 코치로 저의 꿈과 목표를 향해 가고 있습니다.

여러분도 꿈과 목표를 향해 가는 과정에서 더 많이 감사하고 기뻐하며, 더 많이 행복했으면 좋겠습니다. 인생, 기쁘고 행복하면 그만입니다. 늘 웃자고요!

Why가 필요하다

송주하

     얼마 전, 독서 모임 덕분에 헤르만 헤세의 《수레
바퀴 아래서》를 다시 읽었습니다. 잠시 소개하자면, 주인공 한스는
마을에서 촉망받는 아이입니다. 아버지나 주변 사람들의 기대가 큽
니다. 당시는 신학교에 들어가 목사가 되는 것이 최고 목표였습니
다. 낚시를 가장 좋아하지만, 주변의 기대에 부응하기 위해 낚시 도
구를 모두 버리고 맙니다. 신학교를 가지만, 적응을 잘하지 못해서
결국 고향으로 돌아옵니다. 파란 작업복을 입은 기능공이 되지만,
결국 술에 취해 돌아오는 길에 강물에 빠져 죽게 됩니다.

한스는 공부를 열심히 하지만, 정작 왜 공부하는지 모른다는 구간
이 나옵니다. 이유를 모르면 원동력을 금방 잃어버립니다. 내가 좋
아하고, 간절해야 일을 끝까지 해낼 수 있습니다. 그런 의미에서 학
교 부적응과 죽음이 주는 의미는 남다르게 다가옵니다.

강사 일을 하고 있습니다. 주제가 다양합니다. 만나는 대상자 중
에는 직장인이 많습니다. 병원이든 기업이든 모두 어딘가에 소속되

    내가 쓰는 글이 너에게 닿기를

어서 일하는 분들입니다. 강의 가기 전에 항상 자료를 만듭니다. 우선 업체가 어딘지부터 파악하고, 듣는 대상자가 누구인지 꼼꼼하게 알아봅니다. 그래야 제대로 전달할 수 있습니다. 강의 방향에 따라 내용이 달라지긴 하지만, 본격적인 강의에 들어가기 전에 던지는 질문이 있습니다. 왜 일을 하는가? 바로 이 질문입니다. 이 화면을 띄워놓고 몇 명에게 묻습니다. 제일 많이 나오는 대답은 바로 돈입니다. 현실적이고 솔직한 말이지만, 너무 많은 사람이 한결같은 대답을 합니다. 돈만 많다면, 지금 하는 일은 언제든 그만둘 수 있다는 의미겠지요. 하루 중 대부분을 일하면서 보냅니다. 좀 더 특별한 목표가 있으면 좋겠지만, 현실은 그렇지 못합니다.

반드시 꿈과 목표가 필요하다는 건 아닙니다. 사람마다 현실에 나름 만족하면서 사는 사람도 있을 테지요. 하지만 지금과 조금 다른 삶을 원하는 사람이라면, 목표가 있는 게 낫습니다.

바로 어제, 다시 한번 확인할 수 있었습니다. 지금 글 쓰는 날은 2024년 1월 1일입니다. 어제가 2023년 마지막 날이었습니다. 밤 11시쯤에 카톡이 왔습니다. 제가 운영하는 〈송주하 글쓰기 아카데미〉의 수강생 중 한 명입니다. 초고를 완성했다는 문자입니다. 초고를 쓰기 시작하면서부터 저에게 늘 하던 말이 있었습니다. 무슨 일이 있더라도, 올해 안에 초고를 완성한다고 말이지요. 남은 게 많아서, 새해를 넘기겠다고 생각했습니다. 그런데 완성했다는 문자를 보내온 겁니다. 연말 모임도 모두 취소하고, 오로지 글만 썼다고 하더군요. 축하한다고 했지만, 진심으로 놀랐습니다. 무려 6꼭지를 4일 만에 완성한 셈입니다. 초보 작가에게는 절대 쉽지 않은 일입니다. 자신이 공개선언 했던 말도 있을 테고, 목표가 있어서 결국 해냈다고 생각합니다.

제가 목표를 설정하는 몇 가지 방법을 공유해 볼까 합니다.

첫째, 멈춰야 합니다. 하루를 바삐 살다 보면, 일상에 빠져 내가 어디로 가고 있는지 모릅니다. 열심히 살아간다는 것은, 쭉 뻗은 고속도로를 달리는 것과 같습니다. 하지만 이때 중요한 게 또 있습니다. 바로 언덕입니다. 고속도로가 속도라면, 언덕은 방향입니다. 언덕 위에 올라가서 내가 어느 쪽으로 가고 있는지를 살펴볼 필요가 있습니다. 오른쪽으로 가야 하는데, 왼쪽으로 열심히 달리고 있다면 속도는 의미가 없습니다. 오히려 꿈에서 멀어지게 하는 일이 됩니다. 정상에 서서 내가 가고 있는 길이 바라던 길이 맞는가 하고 질문해 보는 겁니다.

둘째, 꿈이 정해졌으면 일단 시작해야 합니다. 생각만큼 실행도 중요합니다. 직접 해 보지 않으면, 이 길이 맞는지 아닌지 판단할 수 없습니다. 수강생 한 명에게 글을 왜 안 쓰냐고 물어본 적이 있습니다. 조금 더 배워서 완벽해지면 쓸 거라 하더군요. 그분에게 이렇게 문자를 보냈습니다. 지금 베테랑 운전자도 초보 운전 시절이 있었을 테고, 지금 유명한 작가들에게도 조금은 부끄러운 첫 책이 있었을 거라고요. 일단 시작하는 게 중요하다고 했습니다. 제 마음이 얼마나 닿았는지는 모르겠습니다. 앞으로 보면 알게 되겠지요. 지금 하는 글쓰기 코치 일도 마찬가지입니다. 처음에는 두려웠습니다. 어떻게 시작할지 감도 안 왔고요. 하지만 언제까지 미룰 수 없다는 생각이 들더군요. 바로 그날, 책 쓰기 무료 특강 포스터를 만들었습니

내가 쓰는 글이 너에게 닿기를

다. 제 나름대로 출사표를 던진 거지요. 첫 강의는 많이 떨렸습니다. 시스템을 만지는 것도 어설펐고요. 했던 말을 반복하는 실수도 많이 했습니다. 듣는 사람과 소통하지 않고, 혼자만 말하다가 끝나기도 했고요. 6개월 정도가 지난 지금은 전보다 여유를 가지고 특강하고 있습니다. 시작하지 않았다면, 지금도 없겠지요.

셋째, 셀프 피드백이 필요합니다. 시작하는 것도 좋고 열심히 하는 것도 좋지만, 스스로 잘못된 점을 찾아서 고치는 게 중요합니다. 이 과정이 없으면 실수를 반복하게 됩니다. 책 쓰기 무료특강 때, 친한 작가님이 계속 참여해주었습니다. 사람들이 모두 나가고 나면, 남아서 강의 피드백을 해줍니다. 몇 가지 문제점을 언급합니다. 그걸 꼼꼼하게 메모했습니다. 제가 모르는 잘못된 습관이나 부족했던 부분을 알게 되어 도움이 됩니다. 다음 특강 때 포스트잇에 적고, 참고하면서 강의합니다.

넷째, 꿈은 구체적이고 선명해야 합니다. 이 이야기는 익히 알던 내용입니다. 하지만 실제로 실천하지 않았습니다. 무엇보다 이렇게 한다고 진짜로 되겠나 싶기도 했고요. 뒤돌아 생각해 보니, 책을 읽을 때뿐이었습니다. 잠시 열정에 불타오르다가 금방 식었습니다. 꾸준하게 실천하지 못했습니다. 언제까지, 얼마나, 어떻게 꿈을 이룰지에 대한 자세한 목표 설정도 없었고요. 아는 강사님은 꿈을 종이 위에 매일 적었다고 합니다. 물론 그것만 하지는 않았겠지요. 꿈을 이루기 위해 누구보다 열심히 일했다고 했습니다. 연말에 그분이 하는 이야기가 와닿았습니다. 거의 80%는 다 이루어졌다고요. 매일 적고, 매일 꿈을 이룬 모습을 상상했다고 합니다.

다섯째, 긍정적인 마음으로 나아가야 합니다. 글쓰기를 만나기 전까지, 저는 세상에 없는 부정적인 사람이었습니다. 어떤 일을 하더라도, 즐거운 마음으로 하지 않았습니다. 이건 해서 뭐하나 싶은 생각도 많이 했고, 이걸 한다고 잘되겠냐는 의심도 많았습니다. 책 읽고 좋은 강의를 들으면서, 생각이 조금씩 바뀌었습니다. 삐딱한 마음은 인생에 조금도 도움이 되지 않는다는 것을요. 이전의 삶이 만족스럽지 않았으니, 밑져야 본전이라는 마음으로 전부 바꿔보려고 했습니다. 항상 웃으려고 하고, 나 자신에게 좋은 말도 많이 합니다. 효과가 있었는지, 표정이 환하다는 말을 종종 듣습니다. 예전의 저라면 상상도 못 할 일입니다. 늘 화났냐는 소리만 들어봤지, 인상 좋다는 소리를 들어본 적이 없었거든요. 나에게 하는 다정한 말도 효과가 있었는지, 가끔 내가 진짜로 괜찮은 사람이라고 느껴질 때도 있습니다.

아직 꿈을 향해 나아가는 중입니다. 그래도 몇 가지 원칙 덕분에, 지치지 않고 해내고 있습니다. 어차피 한 번 살아야 하는 인생이라면, 부정보다는 긍정을, 손바닥 크기의 꿈보다는 대양처럼 원대한 꿈을 꾸는 것도 좋겠습니다. 그렇게 하겠다고, 마음만 먹으면 되는 일입니다.

내가 쓰는 글이 너에게 닿기를

실패가 부끄럽지 않을 때, 진짜 성공이다

안지영

　　꿈이 없었다. 꿈이 뭐냐고 묻는 이에게 끝내 대답 못 했다. 남들이 봤을 때, 눈부시고 대단한 사람이 되고 싶었다. 동화책 속, 공주도 부러웠고 텔레비전에 나오는 배우도 좋았다. 어려서 그런 줄 알았다. 겁이 많아서, 매일 안전하고 즐겁게 보내는 게 전부였다.

　　미술에 재능이 있다는 걸 중학교 때 알게 되었다. 당시 아빠의 사업이 심각해서 말도 못 하고 꿈을 접었다. 좋은 학군이라 성적은 늘 바닥이었다. 땅만 보며 걸어야 했다. 대학을 정할 때 성적이 진로가 되었다. 전통 있는 사립 고등학교는 내 인생에 의미 없었다.

　　성적을 이마에 붙이고 고등학교에 다녔다. 앉아서 공부만 해서 살이 쪘다. 성적도, 외모도 최하위였다. 대학을 아무리 낮춰도 떨어졌다. 인기 없는 과에 지원해도 받아주지 않았다. 마음이 증발했다. 대학에 등을 돌렸다. 취업 잘 된다는 그래픽 학원에 등록했다. 4개월 동안 내 세상이었다. 학교에서 주목받지 못했던 관심을 학원에서 받았다. 얼마 못 가서 사악한 사실을 마주했다. 취업 후에도 고졸 학력이 발목을 잡는다는 것이다. 반수를 시작했다. 고등학교 3년보다 6개월 동안 흘린 땀방울이 넘쳤다.

성적이 오르니 없었던 꿈이 꿈틀댔다. 디자인계열로 가고 싶어서 한 달 남짓 입시 미술학원에 다녔다. 데생은 괜찮았는데 구성 실기는 단기간에 익히기 힘들었다. 겨우 생긴 꿈이 흔들렸다. 의상 디자인학과나, 도예학과에 가고 싶었다. 점수에 맞춰 원서 쓰던 때보다 더 낙심했다.

관심 없던 귀금속 공예학과에 가게 되었다. 원하던 분야가 아니라 어려웠다. 하루에도 수십 번 도망가고 싶었다. 용기가 없어서 머물렀다. 어느 날 나도 몰랐던 자아가 튀어나왔다. 성격이 적극적으로 바뀌었다. 동아리 활동과 학생부 일을 열심히 하다 보니 학교가 좋아졌다. 적응 못 하던 학과도 주말까지 남아 연습한 덕분에 감을 잡았다. 졸업 전시회는 성공적이었다.

운이 따라 주지 못해 취업 자리가 최악이었다. 백수가 될 순 없어서 버텨냈다. 목표가 깃발처럼 꽂혔다. 첫 직장은 지하에 있는 공장 옆 작업실이었다. 햇빛 비추는 지상 공간에서 일하고 싶었다. 그 당시 나의 목표는 보석 디자이너였다. 화려한 보석을 나만의 감각으로 디자인하고 싶었다. 공장에 다니면서 독학으로 그림을 그렸다. 몇몇 회사에 포트폴리오를 넣었지만, 연락이 없었다. 다른 무기가 필요했다. 새로 나온 주얼 캐드를 배웠다. 내가 나에게 투자했다. 홍콩 보석 전람회에 참석하고 싶었다. 월급 타고 아껴 모은 돈으로 항공권을 끊었다. '우물 안' 미운 오리가 '우물 밖' 세상을 만났다.

홍콩 다녀와서 더 열심히 연습했다. 꿈에 그리던 보석 디자이너가 되었다. 믿기지 않았다. 목표를 선명하게 잡고 그곳만 보며 달렸더니 이뤄졌다. 꿈인가 싶었다. 이대로 탄탄대로면 좋았겠다. 까다로

내가 쓰는 글이 너에게 닿기를

운 손님과 인간미 없는 사장 등쌀에 내 존재는 없었다. 비슷한 디자인만 그리고 또 그렸다. 잘 나가는 디자인을 카피해야 했다. 창의적인 디자인 따위는 존재하지 않았다.

　목표를 다시 설정했다. 귀금속 회사에 다니면서 매장 매니저가 되었다. 매장마다 채울 물건을 매입하고 손님이 원하는 디자인으로 주문을 넣는 일이었다. 제조하는 공장부터 디자인, 도매, 유통, 고객 관리 하면서 업계 일에 자신감이 생겼다. 내 성과가 이력서가 되었다. IMF로 다니던 직장이 없어졌다. 계획에 없던 백수가 되었다. 다른 사람의 직원이 아닌 나만의 작은 회사를 차리고 싶었다. 직장 다니면서 방통대 경영학과를 다녔다. 마케팅과 경영만 생각하고 시작했는데 경영 공부가 어려웠다. 학업은 계속하면서 홀로서기를 시작했다. 내가 디자인하고 제작한 제품을 유명 백화점과 인사동 매장에 진열했다. 꿈이 이뤄진 순간이었다.
　뿌듯함보다 현실이 눈앞에 닥쳤다. 작업실 월세와 재료비, 판매량을 염두에 두어야 했다. 밤샘 작업을 밥 먹듯이 했다. 목표를 이뤄가면 더 큰 목표가 생긴다. 끝이 없다. 이런 길고 험난한 과정을 어떻게 버텼을까?
　내 장점은 성실과 책임감이었다. 하지만 책을 읽고 살아가면서 안타까운 부분이 있었다. 꿈을 목표로 바꿀 때 이름을 붙이지 않았다는 거다. 예를 들면 1년 동안 적금 천만 원을 넣는다고 정한다. 매출 목표를 잡으려면 수치화해야 한다. 이 중요한 것을 몰랐다. 마치 하루만 살고 가는 하루살이처럼 짧은 목표를 잡았다. 발전의 폭이 작은 이유다.

성공보다 실패가 많았다. 실패의 여왕이었다. 운이 나빠서 실패한 것도 있지만 명확한 목표가 없어서 그렇다. 실패만 한 건 아니다. 실패를 딛고 성공을 맛보기도 했다.

지금은 실패한 상태다. 독서 논술 공부방을 운영 중인데 학원 이동하는 시기지만 예년보다 학생이 더 많이 나가고 들어오는 신입이 적다. 11년 만에 업종을 바꿔야 하나 고민도 했다. 바람에 흔들리듯 휘청거렸다.

내 관점이 아닌 제3자의 관점으로 바라봤다. 해답이 보였다. 소처럼 열심히 수업만 했다. 소개로 이어지는 안일함에 느긋해지다가 가라앉은 것이다. 수업이 싫어서 그만둔 아이는 없지만 좀 더 또렷한 방향성이 없어서 타 과목에 흔들린 것이다. 대부분 학부모가 영어, 수학을 더 중요시해도 독서 논술 공부방의 방향성이 뾰족하지 않았기에 놓친 것이다. 내 탓이었다.

주저앉지 않았다. 하던 대로 열의를 다해 수업하고 효과적인 운영과 수업 특징을 구상했다. 빈 시간대에 라이팅 코치로서의 시간을 넣었다. 할 수 있는 일을 하되 균형을 맞추는 게 중요하다. 마음이 한결 가벼워졌다. 마음을 정리하니 상담이 들어오고 입회 학생 수가 다시 늘었다.

여러 번 읽었던 동화 책 《꽃들에게 희망을》이 생각난다. 노랑 애벌레와 호랑 애벌레가 남들이 가는 애벌레 기둥을 목적도 없이 올라간다. 결국, 무의미하다는 걸 깨닫고 내려온다. 역행은 용기 있는 행동이었다. 자신의 꿈과 목표를 설정한 후 번데기에서 탈피하는 나비가 되는 과정이다. 애벌레 시선에선 안 보이던 것을 고치가 되어 깨닫는다. 나비가 되어 꽃들이 존재할 수 있게 하는 게 인간과 같다.

내가 쓰는 글이 너에게 닿기를

나도 아직 번데기일 뿐이다. 실패가 아닌 성장 과정이다.

가야 할 방향이 선명해지니 꿈도 또렷해진다. 목표를 이루기 위해 지금 내가 할 수 있는 작은 일부터 해내면 된다. 지금은 비록 애벌레지만 나비가 되었다고 생각한다. 꿈을 이루고 싶다면 이뤄졌다고 행복한 마음을 가지면 된다. 이루고 싶은 것이 있다면 이미 이룬 사람이 되어야 한다. 난 다 이룬 사람이 되었다.

생생하게 그리면 현실이 된다

이승희

초등학교 6학년 때 《어린 왕자》를 읽고 난 후 꿈이 생겼다. 《어린 왕자》 같은 이야기를 써야지. 나처럼 세상 살고 싶지 않은 아이에게 희망을 심어 줄 거야. 꽤 구체적인 꿈이었다. 목표도 확실했다. 밤마다 빠지는 공상 속에 작가가 된 나도 등장했다. 노벨상이 있다는 걸 알았다. 당연히 나는 '노벨 문학상'을 타게 되는 건 줄 알았다. 그때는 내가 천재인 줄 알았기 때문이다. 3학년 때 아이큐 검사를 했는데 141이 나왔다. 선생님이 천재 아이큐는 140 이상이라고 했다. 엄마는 큰딸 머리 좋다는 것으로 자랑을 일삼았다. 가난한 살림, 알코올 의존증 남편과 다섯 자식을 혼자 벌어먹여야 하는 처지에서 자랑할 거리라고는 오직 큰 딸 공부 잘한다는 것밖에 없는 것처럼.

나는 '천재 아이큐'라느니 '노벨 문학상' 탈 거라느니 하는 소리는 아무에게도 하지 않았다. 참 다행이었다. 중학교 3학년 이후로 소위 '뇌내망상'은 사라졌다. 하지만 《어린 왕자》 같은 책을 쓰고 싶다는 꿈은 의식 깊은 곳에 박제되었다. 박제란 동물의 몸을 제거하고 보존액으로 대체하여 겉모습을 유지하는 것을 말한다. 꿈을 현실로 구체화하려면 그 꿈을 이루기 위해 어떻게 해야 할지 생각하고 행동으로 옮겨야 한다. 목표를 정하고 무엇을 실천해야 하는지 계획을 세워야 한다. 그런 걸 몰랐기에 50년 동안 꿈을 박제된 상태로 저장해 두고만 있었다.

《어린 왕자》 못지않게 강렬한 꿈이 하나 더 있었다. 사랑하는 사람을 만나 행복하게 사는 것. 행복하게 살려면 우리 어머니, 아버지처럼 살면 안 됐다. 어머니는 눈이 뒤집히면 "내가 이렇게 불행하게 사는 것은 너 때문이다."고 퍼부어댔다. 그 말이 끔찍하면서도 수긍이 갔다.

어머니는 아버지랑 싸우다 다치거나 도저히 안 되겠다 싶으면 집을 나갔다. 어머니가 이틀 이상 돌아오지 않으면 아버지는 나를 앞세웠다. 어머니가 갈 곳이야 뻔했다. 아버지는 외가가 내려다보이는 언덕에 서면 걸음을 멈췄다. 나를 내려보냈다. 어머니를 찾아 데리고 오라는 뜻이었다. 아버지는 언덕 위 감나무 옆에서 담배를 피웠다. 어머니가 만들어준 코트를 입고 담배 연기를 뿜어내는 아버지 모습이 그럴싸해 보였다.

나는 쭈뼛쭈뼛 외가 대문을 열고 들어서면서부터 "엄마!"하고 불렀다. 외할머니는 혀를 차며 "네 엄마 없다." 하고 엄한 목소리를 냈다. 나는 가만히 서 있다 바로 옆에 있는 외종조부 댁으로 갔다. 외종조부 댁에는 어머니 또래의 외당숙모가 계셨다. 방문을 열고 들어서니 외당숙모는 "어쩌니. 네 엄마 여기도 없는데." 하고 말했다. 외당숙모의 웃음 끝 어린 말소리, 아랫목에 사람 모양으로 불룩 튀어나온 이불 더미를 보고 알았다. 어머니가 어디 있는지.

그 이불 더미 앞에서 나는 고개만 숙이고 가만히 있었다. 차마 "엄마, 집에 가자!" 소리가 나오지 않았다. 어머니는 나를 보면 마음 약해져서 집으로 갈 거다. 아버지는 다시는 안 그러겠다며 빌겠지. 좋은 날은 며칠뿐. 또다시 지옥 같은 광경이 펼쳐질 거다. 그러니까 돌아나가 아버지에게 "엄마, 없어요." 얘기해야 했다. 그래야 하는데 어머니 없는 집에 돌아가기 싫었다. 술 취한 아버지, 어린 동생들을 감당할 자신이 없었다. 비겁하게 어린 자식을 앞세운 아버지가 원망스러웠고, 이러지도 저러지도 못하는 내가 미웠다.

그런 딸의 고민을 알아차렸을까. 어머니는 이내 이불을 젖히고 나와서 나를 끌어안고 울었다. 외할머니와 외할아버지 외삼촌의 눈빛이 곱지 않았다. 어머니 손을 잡고 아버지 뒤를 따라가면서 비로소 마음이 놓였다. 그런 일이 자주 있었기 때문에 어머니 말에 뭐라 할 말이 없었다.

그래도 "너 때문에 내가 이리 고생하고 산다."라는 말을 들으면 사는 게 싫어졌다. 때로 억울하기도 했다. 아무리 자식들이 걸려도 그렇게 싫으면 그냥 나가서 살면 되지 않나? 자식 볼모로 삼는 건 아버지나 어머니나 똑같다고 느꼈다.

중학교 2학년 때인가. 도저히 안 되겠다 싶어 아버지에게 따졌다. 동생 넷까지 옆에 주르륵 무릎 꿇려 앉혔다. 나 역시 무릎 꿇고 앉아 비장하게 선언했다.

"아빠, 제발 엄마 좀 놔 주세요. 맨날 엄마 고생 시키고 때리기만 할 거면서 왜 같이 살아요? 얘들은 내가 키울 테니까 엄마랑 이혼하세요."

바로 아버지 주먹이 날아왔다. 얼굴 한 방 맞고 쓰러졌다. 너무 기막혔는지 아버지가 크게 때리지는 않았다. 나중에 그 얘기를 들은 어머니한테 욕을 한 바가지는 먹었다. 미친년, 나쁜 년, 네가 뭔 데 엄마, 아빠 이혼 시키려고 하느냐. 내가 저를 어떻게 키웠는데……. 그때 알았다. 부부 사이란 참 오묘한 거구나.

생각해 보면 싸우지 않을 때 어머니, 아버지는 다정할 때도 있었던 것 같다. 어머니는 철철이 아버지 새 옷을 해 입혔고, 맛난 것 있으면 먼저 챙겼다. 아버지는 술 안 마실 때면 늘 어머니 곁을 맴돌았다. 어머니 가는 곳은 어디든 따라다니려고 했다. 잠결에 아버지 어머니 도란도란 얘기 나누는 웃음 소리를 들은 적도 있다. 가물에 콩 나듯 드문드문 있는 일이었지만.

사랑하는 사람과 행복한 가정을 그렸다. 첫 결혼이 끝난 후에도 그 꿈을 버릴 수 없었다. 그래서 날마다 일기장에 내가 원하는 사람과 원하는 집에 관해 썼다. 산을 좋아하니까 자연 속에서 살고 싶었다. 자유기고가로 살던 시절, 취재하면서 봤던 오지 마을 단란한 부부가 살았던 산속 별장 같은 집. 산꼭대기 외딴곳, 사립을 두르고 삽살개가 짖는 집. 집으로 가는 길에 벚꽃이 분분히 흩날리고 봄비 내리면 깜장 염소 대장이 새끼들 데리고 찾아오는 집을 그렸다. 그 집에 사는 남자는 단단하고 책임감 강하며 다정하다. 나는 그에게 밥을 차려 주고 그는 내가 글 쓰는 걸 응원한다.

일기장에 내가 그리는 사람과 집에 관해 쓸 때는 현재형으로 썼다. 실제 그 사람과 마주 앉아 밥 먹는 모습, 나란히 앉아서 해 지는 걸 보는 모습을 그림 그리듯이 생생하게 썼다. 잘 지내고 있어요. 곧 만나러 갈게요. 편지도 썼다.

원하는 것이 있으면 '마치 그 일이 실제 이루어진 것처럼 상상하라. 손에 만질 수 있을 것처럼 묘사하라'는 자기계발서를 알고 쓴 것도 아니었다. 그냥 그렇게 써졌다.

몇 년 뒤, 두 번째 남편을 만났다. 그가 집을 짓기 시작한 산꼭대기에 갔다. 실제로 내가 늘 그리던 곳과 똑같은 장소가 눈앞에 있었다. 아카시아가 한창 피어나는 봄. 감나무 아래 앉아 산양삼 능이백숙을 먹으면서 문득 깨달았다. '아, 여기. 내가 꿈꾸던 곳이네. 드디어 도착했구나' 산이 내게 하는 말도 들었다. '잘 왔다' 꿈이 이루어진 것이다. 그때는 몰랐다. 현실로 구현된 꿈을 어떻게 가꾸며 살아야 하는지.

몇 년 뒤, 나는 오랫동안 묵혀 두었던 꿈을 떠올리게 되었다.
'어린 왕자' 같은 책을 쓰겠다는 꿈을 안고 살았다. 그 꿈을 단어로만 간직했었다. 목표로 삼지 않았다. 나는 오래 박제해 두었던 꿈을 꺼내기로 했다. 세상 살기 힘든 사람에게 살아갈 힘을 주는 책을 쓰려면 무엇부터 해야 하는지 이제는 알았기 때문이다.

요즘 나는 매일 꿈을 이룬 나를 상상하고 있다. 선명하게 일기장에 쓰고 머릿속으로 그린다. 성공한 기분을 생생하게 느껴본다. 하루에 한두 번, 잠깐 시간 내는 것으로 충분하다. 나머지 시간에는 현재에 집중한다. 꿈을 이루기 위해 매주 책 쓰기 강의를 들으며 공부한다. 날마다 책을 읽는다. 글을 쓰고 있다. 날마다 쓴 글이 모여 길을 잃은 사람에게 도움이 되는 책을 펴낼 수 있으리라 믿는다.

내가 쓰는 글이 너에게 닿기를

지금 이대로 죽어도 괜찮을까요?

임주아

　　죽는다는 사실을 모르는 사람은 없습니다. 그 '언젠가'는 내일이 될지, 10년 후가 될지, 혹은 몇십 년 후가 될지 아무도 알 수 없습니다. 영원히 살 것처럼 흥청망청 살다가 위기가 오면, 그때 바뀌기에는 이미 늦어버렸는지 모릅니다.

　　92세 노모와 함께 삽니다. 엄마의 시간은 너무 빨리 가버렸습니다. 지금은 하고 싶은 일을 할 수 없는 몸이 되어버렸지요.

　　"10년만 젊었으면."

　　입버릇처럼 말합니다. 과거 기억으로 현재를 사는 엄마는, 하고 싶은 일을 하지 못한 후회가 가득합니다.

　　개그맨이자 사업가이고 작가인 고명환이 나온 영상을 보았습니다. 그는 큰 사고를 당해 죽을 뻔한 고비를 겪었습니다. 다행히 모든 어려움을 이겨내고 지금 제2의 인생을 살고 있지요. 사고 이전과 완전히 다른 삶을 살고 있습니다. 하고 싶은 일을 하며 가슴 뛰는 삶, 설레는 삶, 후회 없을 삶을 살고 있다고 했습니다.

영상을 보며 저의 삶을 돌아보았습니다. 인생 48년 차입니다. 사람들에 이끌려 억지로 사는 삶, 남들 가는 길이 가장 안전하다고 생각해서 따라가는 삶, 하기 싫지만 어쩔 수 없이 뭔가를 해내야 하는 삶처럼 느껴졌지요. 나의 일상이 기쁘고 설레지 않는 것이 잘못되었다는 위기의식이 들었습니다.

당장 눈앞의 일들만 생각하고 어떤 인생을 살아야 할지 깊게 고민하지 못했습니다. 나중에 하면 된다고 생각해 나태한 삶을 살았고요, 건강관리도 소홀해서 여러 가지 약을 먹어야 하는 상황이 되었습니다. 인생의 목표가 따로 없었고 사는 대로 대충 살아지는 인생을 살았습니다. 다행히도 스무 살 초반부터 자기 계발서를 접하고 조금씩 변하기 시작했지만, 아직도 부족한 것이 사실입니다. 삶의 목표나 의미를 정해두었지만, 따라가기에 모자라다고 생각합니다. 이대로는 안 되겠다는 마음이 듭니다.

설레고 가슴 뛰는 삶을 살고 싶습니다. 지금까지 저의 삶을 돌아보았더니, 쫓기듯 바쁘게 사는 날이 많고 여유가 없었습니다. 시간을 온전히 누리지 못하고 나이만 먹은 것 같아 속상하기도 합니다. 그렇다면, 하루하루 후회 없는 삶을 살려면 어떻게 해야 할까요?

첫째, 하루를 시작하기 전, 오늘의 목표를 정해 봅니다. 작고 달성하기 쉬운 목표로 시작해서 그것들이 모였을 때, 큰 성과를 이룰 수 있습니다. 작은 목표를 이루었을 때 더 의미 있는 하루가 됩니다.

취미로 손뜨개를 시작했습니다. 가장 쉬운 목도리로 시작해서 모자, 손지갑, 작은 조끼까지 떴습니다. 후에 여러 가지 패턴과 제 몸에 맞는 카디건을 떠서 입어 보이는 실기시험에 합격하여 손뜨개 1급 자격증을 손에 넣을 수 있었습니다. 처음 시작할 때는 생각지도 못했던 결과였습니다.

둘째, 시간을 효율적으로 쓰려고 노력합니다. 해야 할 목록을 만들고 중요 순으로 우선순위를 정해서 시간 활용하면 알차게 보낼 수 있습니다.

기상 후, 10분 독서를 합니다. 직장 생활, 집안일에 책 읽을 시간을 따로 내기 어렵습니다. 틈새 시간을 공략해 책을 읽으려 노력합니다.

셋째, 건강은 가장 중요한 자산입니다. 건강을 잃으면 아무것도 하지 못할 상황이 올 수도 있지요. 평소 중요하게 생각하지 않지만, 멀리 보면 가장 중요한 것이 건강입니다. 꾸준한 운동, 규칙적인 식사, 충분한 수면은 하루를 건강하게 보내는 방법입니다.

일에만 몰두해 건강을 뒷전으로 했다가 '종합병원'이라는 별명을 얻게 되었습니다. 일과 삶, 적절히 배분하려 노력합니다.

넷째, 일상에서 작은 즐거움을 찾아봅니다. 책 읽기, 음악 듣기, 산책하기 등 정신건강에 도움이 되는 활동을 합니다. 하루 10분 20분이라도 스트레스 해소에 도움을 주는 자신만의 시간을 가져보도록 합니다.

매주 금요일 퇴근 후 20분. 혼자 코인노래방에 갑니다. 한껏 소리지르고 나면 속이 후련합니다.

다섯째, 일상에서 당연하게 여기는 일을 소중하게 생각합니다. 세상에 당연한 것은 없습니다. 감사한 마음으로 살아가면 더 행복한 삶을 살 수 있습니다.

출근할 회사가 있어 감사하고, 좋은 사람들과 일해서 감사하고, 맛있는 음식을 먹을 수 있어서 감사합니다. 온 가족이 모여 식사할 수 있는 시간이 있어서 감사하고, 가족이 건강해서 감사합니다. 주변을 둘러보면 감사할 일이 넘쳐납니다.

하루를 목숨처럼 소중히 살겠다고 결심했습니다. 소중한 시간 허투루 쓰지 않겠다고 결단했지요. 결심하더라도 완벽하지는 못하겠지만, 생각 없이 사는 것보다 훨씬 낫다고 생각합니다. 내 인생 하루하루 소중하게 최선을 다해 살면, 그날들이 모여 후회 없는 삶이 될 것이라 믿어 의심치 않습니다.

죽음은 멀리 있지 않습니다. 일상입니다. 노모와 함께 사는 저는 아프면 어쩌나, 지병이 심해지면 어쩌나 살얼음판을 걷는 심정입니다. 하루가 너무도 소중한 사람이 있는가 하면, 대충 사는 사람도 있기 마련입니다. 대충 살았던 과거가 지금에 와서야 후회됩니다.

저는 과거에 무기력과 우울감에 빠져 입만 열면 불평불만을 늘어놓고 스스로 비난하기에 바빴습니다. 의욕이 없어 제대로 된 삶을 살지 못하고 시간만 허비했습니다. 불평, 불만, 비난이 늘어갈수록 저의 상태는 점점 더 안 좋아졌습니다. 스스로 구렁텅이로 밀어 넣고, 꼼짝하지 못하게 했던 겁니다.

책을 가까이하고 자기 계발서를 읽고, 공부하고 깨달으면서 삶이 조금씩 좋아졌습니다. 스스로 응원하고, 할 수 있다고 북돋우며, 끝까지 희망을 놓지 않는 삶을 살려 노력했습니다. 한 발짝이라도 나아가는 삶을 선택해야 합니다. 물질적으로 풍요로워졌지만, 정신건강은 더 피폐해진 시대입니다. 갖가지 정신병이 즐비하고, 심리 서적과 상담이 필요한 시대입니다. 이럴 때일수록 나를 더욱 단단히 지켜야 합니다.

지금, 이 순간을 살아라!
과거에 매이지도, 미래를 걱정하지도 말고, 지금을 즐기고 살아가자는 말입니다.
세상에 태어나는 순서는 있어도, 떠나는 것은 순서가 없습니다. 사람 운명을 미리 알면 좋겠지만, 언제 어디서 어떻게 될지 모르는 것이 삶이며, 인생입니다.
만약, 오늘 당장 죽는다면, 후회되지 않을까요? 지금 이대로 죽어도 괜찮을까요?
아니요! 저는 하고 싶은 것, 먹고 싶은 것, 보고 싶은 것 등 제가 할 수 있는 최선을 다해 살아보고, 미련 없이 떠나고 싶습니다. 에너지 남기지 않고 모두 쓰고 가고 싶습니다. 후회 없는 삶 살다가 '그동안 원 없이 잘 살았다!' 한마디 남기고 떠나고 싶습니다.
여러분의 의견은 어떠신가요?
후회 없는 삶, 미련 없는 삶을 위해, 지금을 온전히 즐기시기를 바라 봅니다.

오늘 하는 일상이 쌓여 꿈이 된다

장진숙

　　　　사람의 인생은 뭘까요? 사람의 인생은 숙제를 푸는 일로, 답을 찾아야 끝난다고 생각했습니다. 우린 각자 고유의 숙제, 다른 말로 꿈 또는 소명이 있습니다. 나의 소명은 사람들에게 도움이 되는 시스템을 만드는 일이라고 생각했습니다. 꿈을 이루기 위해서는 꿈을 잃지 않고 잘 기억해야 한다고 생각했습니다. 시간이 지나면 꿈이 이루어진다고 믿었습니다. 그런데 놓치고 있는 것이 있었습니다. 매일의 작은 행위들이 모여 10년 20년 후 꿈꾸었던 모습이 될 수 있다는 사실을 말입니다. 내가 한 일은 회사 일에 쫓기듯 하루를 보내고, 집에 와서 침대에 누워 휴대전화로 유튜브를 보는 것이었습니다. 생각 없이 볼 수 있는 '짱구는 못말려', '안녕, 자두야'와 같은 만화를 좋아했습니다. 매일 시청하고 있는 유튜브가 다른 사람에게 도움을 주는 시스템을 만드는 일의 밑거름이 될까요? 아닙니다. 꿈을 이루기 위한 일을 꾸준히 해야 그것이 쌓여 꿈이 이루어집니다.

과거의 나는 행복이 멀리 있다고 생각했습니다. 바쁜 일상을 보내며 멀리 있는 행복을 기대하면서 참고 또 참았습니다. 도저히 참을 수 없을 때는 다 내려놓고 현실에서 벗어날 수 있는 일을 찾았습니다. 날 새며 드라마 보기, 웹툰 보기, 퍼즐 맞추기. 풀리지 않던 현실이 영원히 해결되지 않을 것 같아 속을 태웠습니다. 목젖부터 시작해서 기도까지 바짝바짝 마르고 갈라져 침을 뱉으면 피가 나올 것 같았습니다. 어떻게 해야 할지 몰랐습니다. 그래서 찾은 일이 관심 있던 미국 드라마 보기였습니다. 그때 봤던 드라마는 시즌5까지 83편입니다. 83편을 나흘에 걸쳐 다 봤습니다. 연속해서 5시간을 보니 눈이 좀 이상해졌습니다. 안구에 얇은 막이 씌워진 것 같아 눈을 여러 번 비볐습니다. 머리는 띵했고요. 이제 드라마 보기를 멈춰야 한다는 것을 알았습니다. 저는 눈알을 오른쪽, 왼쪽으로 돌리고 멀리 있는 곳도 바라보고 창밖에 있는 녹색을 찾아 쳐다보기도 했습니다. 그리고 다시 드라마를 재생시키고 화면에 빨려 들어갔습니다. 안 되겠다 싶을 때는 서너 시간 잠을 자고 다시 일어나서 드라마 화면을 틀었습니다. 드라마는 끝났지만, 마음속 갈증은 해결되지 않았습니다. 빨리 이 순간을 점프하듯 넘겨버리고 싶었습니다. 모든 과정을 생략한 채 결과만을 갖기를 기대했습니다. 대가 없이 이룰 수 있는 것은 없습니다.

고등학생 때 오드리 헵번이 아프리카에서 봉사활동을 하는 사진을 봤습니다. 화장하지 않았지만, 그녀 얼굴에서 생기가 돌았고 빛이 났습니다. 그 모습에 반해 아프리카에 사는 사람들의 삶이 더 나아질 수 있게 도움을 주는 사람이 되고 싶다는 꿈을 갖게 됐습니다. 그 꿈은 계속 다듬어지고 구체화해서 '나는 아프리카에서 사람들을 위해 시스템을 변화시키는 사람이 될 거야'가 됐습니다. 다른 사람에게 도움이 되는 사람이 되고 싶었습니다. 40대가 되면 여행도 하면서 그런 삶을 살고 있을 거라 생각했습니다. 아직 아프리카에 가 본적이 없습니다. 그렇지만 20년 후 아프리카에서 다른 사람들과 웃고 있는 나를 상상해 봅니다. 변해 보기로 했습니다. 나의 꿈과 가까워질 수 있는 일을 매일 해 보기로 했습니다. 지금 여기에서 내가 할 수 있는 일부터 하기로 했습니다.

첫째, 독서입니다. 과거 취미를 물으면 특별한 것이 없어 독서라고 했습니다. 만화책, 소설책 읽는 것을 좋아하고 매일 읽었으니 딱히 틀린 말은 아닙니다. 그렇지만 부모님 몰래 숨어서 봤던 것들이라 취미로 말하기에 마음이 불편했습니다. 100권의 책을 읽었더니 삶이 변했다는 말, 독서하라는 말에 매일 한 페이지 이상 책 읽기를 시작했습니다. 기간을 정하고 책을 읽으면 시작하기도 전부터 질려서 시도조차 할 수 없을 것 같았습니다. 그래서 우선 내가 할 수 있는 수준으로 시작해서 앞으로 점점 늘리기로 했습니다. 책 속에는 힘든 나를 위로하는 말, 변화를 시도하는 내게 용기를 주는 말. 내게 맞춤형 말들이 있었습니다. 그 말을 들으니, 용기가 생겼고 나를 돌아보게 됐습니다. 나의 꿈에 대해 생각하는 시간도 늘었고 꿈을 이루기 위해 고민도 하게 됐습니다. 독서를 통해 꿈과 한 발 더 가까워진 것입니다.

둘째, 명상하기입니다. 나는 개복치입니다. 개복치라는 생선은 몸무게가 평균 1,000kg인 거대한 물고기입니다. 그런데 '살아남아라! 개복치'라는 게임에서 개복치는 여러 가지 이유로 스트레스를 받으면 쉽게 죽는 캐릭터입니다. 나는 목소리가 커서 조금만 흥분한 상태로 말하면 사람들이 종종 화났다고 오해합니다. 억울했습니다. 그래서 찾은 것이 바로 명상입니다. 명상을 시작하기 전 '나는 바르고 안정된 생각, 말 그리고 행동한다. 나는 마음의 평온을 얻는다.'라는 말로 시작합니다. 명상을 통해 내 안의 부정적 생각을 밖으로 내보내고 새로운 공기로 채웁니다. 아무것도 하기 싫은 날은 눈감고 심호흡합니다. 여전히 누군가에 대한 원망과 불평을 하기도 하지만 그것들이 줄었고 오늘에 감사하게 됐습니다. 다른 사람들의 평온도 기도합니다.

셋째, 매일 웃으며 시작하기입니다. 억지로 웃지 않으면 웃을 일이 많지 않았습니다. 그러니 마음도 울적했습니다. 그러다 매일 웃는 인증사진을 올리는 사람들을 알게 됐습니다. 사진 속 웃음이 싱그러워 따라 웃게 됐습니다. 싱그러운 삶을 닮고 싶었습니다. 그래서 아침에 일어나면 입을 풀고 '위스키, 치즈'를 하고 웃으며 시작합니다. 웃는 사진이 처음에는 어색했지만, 점점 입꼬리가 풀리고 자연스러워지고 있습니다. 매일 웃으며 시작하니 회사에서 좋은 일이 있냐고 물어보는 사람도 생겼습니다.

넷째, 기부하기입니다. 9년 전부터 매월 적은 금액이지만 기부하고 있습니다. 우리는 서로 영향을 주고받으며 함께 살고 있습니다. 나도 모르게 세상에 도움을 받고 있으니 가능하면 도움이 필요한 사람은 도와야 한다는 생각입니다. 많은 돈을 벌어서 기부도 많이 할 수 있으면 좋겠습니다. 블로그에 글을 쓰면 해피빈에서 콩을 받고, 이 콩을 기부할 수 있다는 사실을 알았습니다. 처음에는 2023년 마지막 날 한꺼번에 모은 콩을 기부할 계획이었습니다. 콩마다 유효기간이 있다는 것을 몰랐습니다. 글을 쓰기만 하면 자동으로 콩을 주는 것도 아니었습니다. 글을 등록하고 콩 받기를 눌러야 콩이 들어왔습니다. 유효기간이 지나 8,000원 정도의 돈이 사라져 버렸습니다. 그렇게 난 2023년 20,700원을 기부했습니다. 2024년 해피빈으로 7만 원 기부하기를 목표로 정하고 매일 블로그에 포스팅하고 있습니다. 블로그 쓰기는 일석삼조였습니다. 기부도 하고, 하루도 기록할 수 있고, 글쓰기 실력 향상에도 도움을 주니 말입니다. 독서하기, 명상하기, 매일 웃으며 시작하기, 기부하기는 일상에서 행복을 느끼게 해주고 나와 꿈과의 거리를 좁혀줍니다. 내가 세상에 도움이 되는 사람, 꼭 필요한 존재라는 사실도 알게 해줍니다.

하루하루를 흘려보내서는 미래의 꿈을 이룰 수 없습니다. 성공하고 싶다면, 꿈을 이루고 싶다면 매일 하는 일상부터 바꿔야 합니다. 꿈을 이루기 위해, 꿈과 가까워지기 위해 매일 하루를 충실히 사는 것부터 시작해야 합니다. 당신은 지금 바로 마라톤을 완주할 수 있나요? 아마 어려울 거예요. 가까운 곳부터 5킬로미터, 10킬로미터, 하프를 거쳐 완주할 수 있습니다. 꿈은 장거리 마라톤과 같습니다. 단거리 달리기처럼 달리면 처음에는 다른 사람보다 빨리 가는 것처럼 보이지만 쉽게 지쳐서 멈추게 됩니다. 마라톤은 옆에 속도를 조절해 주는 페이스메이커가 있어 적당한 속도로 달릴 수 있게 해줍니다. 골인 지점까지 인도하는 페이스메이커 그것이 바로 매일 꿈을 이루기 위한 행동들입니다. 그래서 오늘도 나의 꿈에 한발 다가갈 수 있는 일을 합니다.

내가 쓰는 글이 너에게 닿기를

나를 기쁘게 하는 것이 있나요?

정가주

"엄마는 꿈이 뭐야?"

아들이 뜬금없이 물어봅니다.

"꿈?"

웃으며 아들을 쳐다보았습니다. 열 살 아들은 하고 싶은 것이 많습니다. 외교관도, 소설가도 되고 싶다고 합니다. 보는 것마다 호기심 가득하고 재밌어 보이는 건 무엇이든 해 보며 두려워하지 않습니다. 저는 그런 아들에게 "한번 다 해봐." 하고 응원해줍니다.

어릴 적 저도 꿈이 있었습니다. 패션 잡지를 보면서 모델들이 입고 있는 멋진 옷을 코디해주는 코디네이터가 되고 싶었고, 백화점에서 화려하게 전시하는 쇼윈도 디스플레이어도 되고 싶었습니다. 퇴근을 하면 바로 학원에 가서 인체 크로키와 일러스트를 배웠습니다.

미술 전공이 아니었지만, 대학원을 의상 전공으로 택한 것도 그 때문입니다. 사람이든 물건이든 아름답게 해주는 것에 관심이 많았거든요. 졸업 후 옷을 수출하는 작은 의류회사에 취직했습니다. 내가 디자인한 옷이 만들어지는 과정을 꿈꾸며 멋진 회사 생활을 기대했습니다. 하지만 매일 수출할 옷을 포장하고 꼬리표 작업을 하고 동대문, 남대문 시장을 돌아다니며 시장 조사만 하는 단순 업무였습니다.

'내가 바라던 일은 이게 아닌데.'

매일 야근에 재미없는 단순 업무만 하니 하기 싫어졌습니다. 뭔가 더 의미 있고 멋있는 일을 하고 싶었어요. 돈도 많이 벌고, 멋지게 살고 싶었습니다. 이십 대 막상 사회에 나와보니 내가 할 수 있는 일이 많지 않다는 걸 깨달았습니다. 내 능력으로는 탄탄한 회사도 좋아하는 일도 도전한다고 다 되는 건 아니더군요. 자존감이 점점 낮아졌습니다. 내가 나를 인정하지 않고 남과 비교하며 시간을 허투루 썼습니다. 성장을 위해 더 시간을 투자하고 더 많은 걸 배워야 할 나이, 꿈이 점점 사라졌습니다. 당장에 무슨 일이든 돈을 벌어야 한다는 생각뿐이었거든요. 그때 지금처럼 매일 책을 읽고 공부했더라면 어땠을까 생각해 봅니다.

삼십 대 중반에 결혼하고 두 아이를 기르면서 내 꿈보다는 아이들의 꿈을 위해 살았습니다. 딸이 좋아하는 것, 아들이 흥미를 보이는 것에 집중하며 '어떤 책을 읽어주지?', '어떤 새로운 경험을 접하게 해줄까?'만 생각했거든요. 나보다 아이들을 먼저 챙기다 보니 꿈은 점점 더 멀어져 갔습니다. '그냥 하루하루 잘 먹고 건강하게 잘 살면 되는 거 아닌가?', '어떻게 하면 돈을 벌어 안정적으로 살 수 있을까?' 생각했습니다. 우연한 기회에 엄마들의 독서 모임을 시작하면서 책을 읽기 시작했습니다. 좋은 문장을 만나니 자연스럽게 글로 남기고 싶어졌고요. 블로그에 한 줄, 두 줄 책을 읽고 단상을 썼습니다. 지금 보면 엉성하고 부끄러운 글입니다. 글을 쓰면서 마음속에 묻어두었던 꿈을 찾기 시작했습니다. 진짜 내가 원하는 삶이 무엇인지 고민했습니다. 마음에 닿는 문장을 함께 나누면서 나이 들어서도 이런 책 모임을 하는 모습을 상상했습니다.

2023년은 저에게 뜻깊은 해입니다. 글쓰기 수업을 들으며 작가가 되었고, 라이팅 코치로 글쓰기 강의를 시작했기 때문입니다. 한 줄도 버벅대면서 못 쓰던 내가 누군가를 가르치겠다고? 몇 년 전에는 상상도 할 수 없었던 일입니다. 일 년 동안 정성스럽게 쓴 원고가 한 권의 책이 되었습니다. 라이팅 코치들과 함께 쓴 공저 책도 출간했고요. 일단 하고 싶은 것에 도전하는 마음도 중요하지만, 오늘 한 줄 써야 내일도 쓸 수 있듯이 계속 나아가는 마음도 중요합니다. 시작도 하기 전에 걱정부터 했던 내가 하나의 결실을 보게 된 것은 '좋아하는 일 그냥 꾸준히 해 보자.'라는 마음이 있었기 때문입니다. '내가 할 수 있을까?' 걱정하기보다는 '나도 할 수 있어!'라는 가능성을 품고 시작해야 합니다. 하고 싶은 일을 하면서 자유롭게 사는 것은 모두가 원하는 꿈입니다. 하고 싶지만 지금 당장 여건이 안 되어서, 지금은 때가 아닌 것 같아서, 바빠서, 부족해서. 라는 마음으로 첫발을 내딛는 것을 두려워합니다. 큰 꿈을 꾸고 꿈이 이루어진 내 모습을 상상해 보세요. 원하는 삶을 사는 미래의 나를 상상하며 이미 이루어졌다고 생각하는 겁니다. 꿈으로 끝나지 않기 위해서는 구체적인 목표를 세워야 합니다. 꿈을 위해 '지금 무엇을 해야 하는지', '오늘 하루 어떻게 살아야 하는지' 매일 다짐하고 실천하는 일이 더 중요하겠죠. 시간을 정하고 작은 목표를 하나씩 달성해 보는 겁니다. 매일 아침에 일어나 어떤 일을 하는 것이 내 꿈을 위한 일인지, 일상을 어떻게 보내야 그 꿈에 도달할 수 있는지 생각하고 행동으로 옮깁니다.

미술 독서 모임에서 함께 책을 읽고 있습니다. 이번에 읽은 책은 《살롱 드 경성》이라는 한국 근대 화가들에 대한 그림 이야기였습니다. 그중에서 화가 이대원의 그림이 마음에 들었습니다. 화사한 꽃이 피어있는 들판의 그림이었어요. 밝은 표정으로 웃고 있는 백발의 화가. 전쟁통에 끌려가 갖은 고생을 했던 젊은 시절 그가 가졌던 단 하나의 꿈은 '그림을 그리는 일상'을 보내는 것이었습니다. 자연의 아름다움을 그리며 전쟁에서 생긴 트라우마를 이겨낸 그림엔 "인생의 행복감이 봄날의 아지랑이처럼" 피어오르고 있습니다. 어릴 적 뛰어놀던 농장의 모습을 상상하며 한 점, 한 점 다시 그림을 그리는 화가의 얼굴을 사진으로 보았습니다. 그의 얼굴에는 젊은 시절 고통받고 우울했던 모습이 없습니다. '그림을 그리고 싶다'라는 욕망으로 힘든 순간을 견뎌내고 마침내 좋아하는 일을 하게 된 화가의 모습에서 우리는 '무엇을 위해 살아가야 하나'를 깨닫게 됩니다. 돈과 성공, 명예보다 중요한 건 끝까지 나를 나아가게 하는 그 무엇을 가슴에 품고 있어야 한다는 것입니다. 나를 기쁘게 하는 것은 무엇인가요? 생각만 해도 가슴이 두근거리는 꿈을 위해 좋아하는 것을 꾸준히 하는 일상을 누리시기를 바랍니다.

조금 손해 본다는 마음으로

정인구

　　조금 손해 본다는 마음으로 사세요. 더 주고, 또 주고, 다 퍼주세요. 그래도 곳간이 차고 넘칩니다. 무슨 얼토당토않은 말이냐고 나무라는 사람도 있겠지요. 한 푼이라도 벌고, 아껴서 부를 쌓아도 될까 말까 한데 무슨 소리냐고?. 저도 그렇게 살았습니다. 나에게 이익이 되는 일인지 안 되는 일인지부터 따졌습니다. 이익되는 일이 아니면 아예 거들떠보지도 않았습니다. 나름대로 열심히 살았습니다만 되는 일이 하나도 없었습니다. 아내와 별거했고, 이혼 도장만 찍으면 끝날 때까지 갔었습니다. 회사에서는 4년간 승진에서 낙방했습니다. 상사는 결재판을 얼굴에 날렸습니다. 사표를 여러 번 만지작거리기도 했습니다.

　　꿈, 비전, 목표 이런 단어는 생각조차 하지 못했지요. 상사가 시키면 시키는 대로, 회사에서 하라면 하라는 대로 영혼 없는 삶을 살았습니다. 심지어 퇴근 이후에도 남이 하자는 대로 살았습니다. 노름판에 한 명이 부족하면 꼭 저에게 전화가 옵니다.

　　"정 계장! 너뿐이다, 홀라조 1명 모자라는데 빨리 '초읍오리산장'

으로 오너라."

사정사정하는 동료 전화에 못 이겨 참석하지요. 가는 도중 생각합니다. 대충 분위기 보고 집에 올 요량으로요. 웬걸요. 밤을 지새우고 빈털터리가 되어 집에 오는 경우가 허다했습니다. 내가 선택하지 않으면 선택당하는 삶을 살게 됩니다.

술을 끊고, 책을 읽으면서 성공하는 사람들의 공통점을 발견했습니다. 그들은 목표가 뚜렷한 사람들이었고, 모두가 아낌없이 나눠 주는 사람들이었습니다. 그래서 저도 따라 하기로 했습니다. 꿈과 비전, 사명을 만들었습니다. 안 맞는 것 같아 몇 번을 바꾸었지요. 그러다 2019년부터 '이웃의 의미 있는 성공과 행복을 돕는 삶'으로 정했지요. 삶의 태도는 '조금 손해 본다는 마음으로' 살기로 정했습니다. 인간은 누구나 소명을 갖고 이 땅에 왔습니다. 79억 명 인구 중에 나는 유일한 존재이지요. 사는 동안 소명을 완수하고 돌아가야 합니다. 사명이 이끄는 삶을 살면, 삶이 단순해지고, 우선순위가 명확하므로 시간을 효율적으로 관리할 수 있습니다.

제가 운영하는 '부산큰솔독서 모임', '두리하나 부부독서 모임' 슬로건도 '공부해서 남을 주자'입니다. 부산에서 서울까지 자기 계발비로 수천만 원을 투자했습니다. 배운 것을 독서 모임 회원에게 무료로 강의했습니다. PPT, 유튜브, 씽크와이즈, 본/깨/적 독서법, 자기경영관리, 유튜브 영상 편집, 섬네일 만들기, 블로그 등 SNS 활용법 강의를 아내와 함께했습니다. 인당 1만 원을 받고, 점심 제공, 강의실 대관비 주고 나면 턱없이 부족한 날도 있었습니다.

독서 모임 장소섭외, 모임 운영할 때도 회비로는 충당되지 않아,

사비로 경비를 조달할 때도 있었지요. 그래도 행복했습니다. 사람들이 배우고 성장하는 것을 보며 희열을 느꼈습니다. 누군가를 돕는 일이 기쁜 일이라는 것을 배우는 시간이었습니다.

나눔을 실천한 덕분에 '부산큰솔나비 독서 모임'은 지난 6년 동안 수적으로나, 질적으로 부산에서 어느 독서 모임 못지않게 자리 잡았습니다. '공부해서 남을 주자'는 슬로건에 따라 회원들이 남에게 베푸는 마음으로 바뀌었습니다. 연말이면 기백만 원을 모임에 후원하고, 독서 모임 때 책이나 화장품, 독서대, 생활용품 등 물품을 기증해서 추첨 시간이 기다려지게 합니다. 올해부터 'D 대학교'에 장학금을 전달하는 협약식도 맺었습니다.

저는 《페이버》 책을 읽고 내 삶의 비전과 목표를 정했습니다. 이 책은 세계적 건축설계회사 팀 하스(TimHass) 하형록 회장의 자전적 에세이입니다. 심장 이식을 2번이나 받았고, 언제 죽을지 모르는 절체절명의 순간에 심장 이식받을 차례가 왔는데, "내 심장을 그녀에게 주십시오!"라며 양보합니다. 팀 하스 회사의 설립 이념은 "We exist the help those in need" 말하자면 '우리는 어려운 이들을 위해 존재한다'입니다. 설립 이념대로 경영했고, 미국 동부 청년들이 가장 가고 싶어 하는 100대 기업 중 하나가 되었습니다.

토니 라빈스는 미국 대통령 4명의 코치였고, 105개 회사를 경영하는 매출 8조 원 CEO입니다. 수많은 사람의 삶을 바꾼 동기부여가입니다. 그는 바퀴벌레가 기어다니는 좁은 집에서 욕실에 물을 받아 설거지하는 불우한 환경에서 자랐습니다. 크리스마스이브 날 네 번째 아버지 집에서 쫓겨납니다. 그날 밤, 여자 친구 집 세탁실에서 밤을 지새우며 종이상자에 미래 꿈을 적습니다. "자신처럼 어려운 사람을 돕는 삶을 살겠다고 결심"을 하게 됩니다. 그가 실패자의 삶을 살았다면, 불우한 가정, 굶주린 아프리카 1억 명 이상 사람들에게 기부하며 돕는 삶은 없었을 겁니다. 도우면 손해 볼 것 같지만 부를 몇 배로 채워줍니다.

다산 정약용은 모함당해, 무려 18년이나 되는 긴 세월 동안 강진에서 유배 생활을 했습니다. 그는 열악한 환경에도 불구하고 백성을 돕는 마음과 임금에 대한 충심을 한순간도 놓지 않았습니다. '남을 돕겠다는 마음'이 없이 패배자의 삶을 살았다면, 오늘날 그를 기억하는 사람은 한 명도 없을 겁니다.

내가 전한 가치로 상대방이 어떤 열매를 맺었을 때, 그때야말로 행복한 부자가 되는 순간입니다. '조금만, 손해 본다'는 생각으로 살면 인생 달라집니다. 재물, 시간, 마음, 지식 등 자기 이익에 관한 생각을 내려놓습니다. 당장 손해 보는 것 같고 본전 생각도 나겠지만, 지나고 보면 제공한 것과 비교할 수 없을 만큼 몇 배로 불어나 돌아온다는 것을 체험하고 있습니다. 달라이 라마는 "행복한 삶으로 가는 최선의 길은 남을 돕는 것이고, 진정한 지혜다."라고 했습니다. 남을 돕는 것이 곧 나를 돕는 것이라는 삶의 지혜를 되새김질하며 살아갑니다.

내가 쓰는 글이 너에게 닿기를

꿈과 목표가 있다는 것은 자신의 정체성이다

황상열

"저는 꿈이 없어요. 뭘 해야 할지 모르겠어요."

얼마 전 모임에서 만난 20대 청년에게 꿈이 뭐냐고 질문했는데, 이렇게 답변이 돌아왔다. 뭐라고 해야 할지 몰라 그를 멍하게 몇 초 동안 쳐다보았다. 그도 나를 보더니 고개를 떨구었다. 그 모습에 내가 더 손을 저으면서 고개를 들라고 말했다.

"아예 꿈이 없어요? 그래도 취업해서 돈을 벌고 싶다거나 공부를 더 한다던가 등 이런 현실적인 것도 꿈이 될 수 있는데. 그냥 미래에 자기 모습이 어떻게 될지 상상해 본 적 없어요?"
"잘 모르겠어요. 생각해 본 적이 없어요."

더 문제였다. 자신의 미래를 상상해 본 적도 없다니. 더 물어보니 부모님이 하라는 대로 공부하고 대학에 진학했다고 한다. 전공도 본인의 선택이 아닌 부모님이 취업이 잘 되는 것으로 하라고 해서 선택했다고 고백한다. 지금까지 스스로 선택해본 적도 없으니 당연히 자신이 무엇을 원하는지 어떤 꿈을 꾸어야 하는지 모르는 것은 당연했다.

나는 그에게 종이를 꺼내서 무엇을 할 때 즐거운지, 남에게 어렵지만 자신에게 쉬운 것이 있는지 등에 대해 한번 써보라고 했다. 그것이 잃어버린 자신의 꿈을 찾는 데 도움이 될 것이라고 말했다. 그는 그제야 미소를 지으면서 나에게 고맙다고 인사하고 헤어졌다.

그렇게 따지고 보면 나도 작가가 되겠다고 마음먹기 전까지 꿈이 없었다. 아니 있긴 있었다. 위에 20대 후배에게 질문했던 내용대로 취업해서 빨리 돈을 벌고 회사에서 높은 자리까지 가는 것이 유일한 꿈이었을지 모른다. 이것도 진정으로 내가 원한 것이 아니라 사회가 만들어놓은 기준에 충족하기 위함이었다.

스스로 원한 꿈이 없다 보니 시간이 지나면서 되는대로 살게 되었다. 내가 주인이 아닌 끌려가는 삶을 영위하게 된 것이다. 탈출구가 필요했다. 내가 진정으로 원하는 것이 무엇인지 알고 싶었지만 잘 떠오르지 않았다. 답을 몰랐다. 해고당하고 인생의 나락으로 떨어지고 나서야 그 답을 찾기 위해 책을 읽기 시작했다.

생존 독서를 하면서 책에서 공통된 내용이 하나 있었다. 자신이 원하는 삶을 살기 위해서는 꿈과 목표가 필요하다는 내용이다. 그때부터 내 꿈이 무엇인지 고민했다. 몇 날 며칠을 생각하다 보니 작가가 되어 많은 사람에게 희망을 주고 싶었다.

꿈이 생기고 나자 가슴이 뛰기 시작했다. 뭔가 할 수 있다는 자신 감이 내 안에서 꿈틀거렸다. 꿈이 없거나 잃는다는 것은 삶의 의미를 잃어버리는 것과 같다. 내 인생의 주인공이 되어 주체적인 삶을 살고 싶다면 꿈이 있어야 한다. 불멸의 역작 《돈키호테》를 쓴 세르 반테스도 그의 현실은 비극이었지만, 많은 사람에게 위로와 희망을 주고 싶다는 꿈을 꾸면서 평생 글을 썼다. 《돈키호테》가 나온 것도 그의 나이가 50대였다.

나도 여전히 현실은 먹고 사는 문제로 고민이 많다. 하지만 죽을 때까지 읽고 쓰는 삶을 통해 많은 사람에게 희망과 위로를 전하고 싶다는 꿈이 있다. 그 꿈으로 오늘도 한 편의 글을 써본다. 이 글을 읽는 당신도 여전히 뭘 해야 할지 모르거나 꿈이 없다면 오늘 한 번 자신의 꿈과 목표를 적어 보자. 가슴 뛰는 삶은 자신의 꿈에서부터 비로소 시작한다.

작가의 꿈을 키웠다. 그 당시 다니던 작은 시행사가 야심 차게 추진하던 사업들이 멈추었다. 그 당시 받던 월급이 250만 원 정도였다. 예전에 받던 임금의 70% 수준을 받고 새로 일을 배우기 위해 참고 견디는 중이었다.

그런데 그 돈도 못 주는 상황이 되고, 거기서 20%를 더 삭감한다고 다니던 회사 사장이 이야기했다. 아무래도 다시 이직을 알아봐야 겠다고 결심했다. 그리고 계속 미루었던 꿈을 현실로 만들어 보고 싶었다. 아무래도 위기를 기회로 삼아 뭔가 변화를 주고 싶은 생각이 앞섰던 것 같다.

조금씩 글을 쓰기 시작했다. 부족한 생각이 들어 글쓰기 책을 읽고, 강의를 찾아 듣기 시작했다. 배운 지식을 적용하여 조금씩 경험을 쌓기 시작했다. 그렇게 내 꿈을 위해 조금씩 시작했다. 꿈을 현실로 만드는 가장 쉬운 방법은 바로 행동으로 옮기는 것이다. 그냥 시작하면 그만이다.

아마도 작가가 되겠다는 꿈을 지금까지 마음속에 간직하고 있었다면 아무런 변화도 없었을 것이다. 어떠한 시도도 하지 않았으니 그냥 꿈은 한낱 무용지물에 불과하다. 꿈은 인생의 변화를 가져오는 힘이 있지만, 그 자체로는 아무런 결과를 낼 수 없다. 꿈을 현실로 만들기 위해서는 반드시 '시작' 하고 계속 '실행' 해야 한다. 지금 여기서 시작하면 된다. 이 글을 읽는 여러분도 꿈만 꾸고 있다면 바로 행동으로 옮기자. 그 한걸음이 위대한 당신의 인생을 바꿀 원동력이 될 테니까.

내가 쓰는 글이 너에게 닿기를

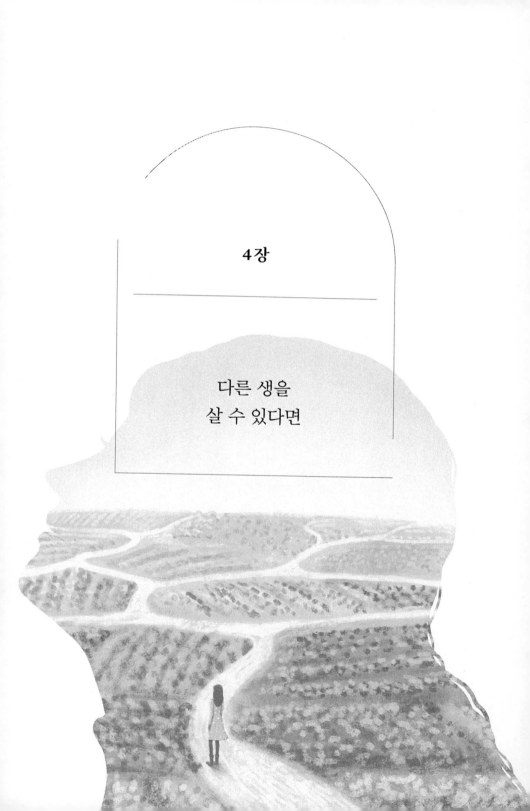

4장

다른 생을
살 수 있다면

깨우치며 살아가기

김혜련

　　　　　나이의 앞자리가 바뀐다는 것은 설렘으로 다가
왔다. 지난 10년을 돌이켜보며, 앞으로 다가올 10년의 변화를 마음
으로 준비할 수 있었기 때문이다. 그런데 나이 앞자리가 60으로 바
뀐 후부터 설렘이 두려움으로 다가왔다. 기억력과 암기력은 현저하
게 떨어졌다. 그때 몰랐던 것을 나중에 알게 되는 순간이 빈번하였
다. 그 또한 세월의 흔적이라 생각하니 편안하다. 기억의 조각들로
얼기설기 맞추어 육십 인생을 시작했다.

　서윈 B. 눌랜드(Sherwin B. Nuland) 박사는 생물학적 관점에서 보
면 "59세의 마지막 아침은 60세에 맞는 첫 번째 아침과 다를 것이 없
다."라고 했다. 그는 《사람은 어떻게 나이 드는가》를 통해 나이 든
다는 것의 의미와 지혜롭게 나이 들기 위해 우리가 지녀야 할 태도
에 대해 말하고 있다. 첫째, 아직 이루지 못한 목표를 받아들이고 실
천한다. 둘째, 지혜와 평정심과 배려를 갖고자 노력한다. 셋째, 신앙
과 내적 강인함을 갖는다. 육체의 한계를 받아들이되 활력을 계속해

서 유지하는 것이 나이를 잘 먹는 비법임을 밝히고 있다. 이 책이 나이 듦을 다루는 여느 책들과 차별되는 점은 잘 늙는 비법이 정신적인 무장에 있다는 것이다.

어느 모임에서 다시 과거로 돌아간다면 몇 살 때로 가고 싶냐고 물은 적이 있었다. 그때는 대답을 못 했다. 곰곰이 생각해 보니 구태여 과거의 나이로 돌아가고 싶은 마음이 없었다. 나만 그런가 하여 또래 지인들에게 물어보았다. 대부분 같은 생각이었다. 그들도 지금 이때가 가장 좋다고 한다. 지금이 좋은 이유는 농부가 봄에 씨를 뿌리고 여름에 힘들게 가꾸지만, 가을이면 수확의 기쁨을 체험하기 때문이리라. 지금 우리의 자리는 가을이다. 곧 겨울이 오더라도 뿌리고 가꾸는 재미와 고생으로 열심히 살아온 봄, 여름이 있었던 까닭이다. 풍부하지는 않지만, 한파를 이겨낼 만큼의 세월을 견디며 살아내었다. 겨울을 맞이할 준비를 기꺼이 하고 있다.

최근 드라마는 타임슬립이 유행이다. 타임슬립(Time Slip)이란 두 개 또는 그 이상의 서로 연결된 타임라인을 갖는다는 것이다. 어떤 사람 또는 어떤 집단이 알 수 없는 이유로 시간을 거스르거나 앞질러 과거 또는 미래로 간다. 대부분 웹소설이나 웹툰을 원작으로 하고 있다. 스릴러, 멜로, 추리극, 로맨스 등 복합장르다. 설정된 극적인 드라마의 타임슬립이다. 다른 생을 산다고 해서 잘 살아질까?

엄마는 눈이 더 어둡기 전에 제주도를 가 보고 싶어 하셨다. 류시화의 《마음챙김의 시》에서는 살아온 날들이 살아갈 날들에게 묻는다. 새들은 아무 나무에나 앉지 않는다는 진실. 숱하게 놓친 마음을 챙기기에 늦은 때란 없겠지? 마음으로 회복하는 일, 상대방의 입장에서 한번 더 생각하기 그리고 침묵하기를 말했다. 우리가 가장 사랑하는 사람들에게는 베풀기 어려운 일은 왜일까? 가족이라서 더 마음을 챙겨야 하는데 살기 바빠 놓치고 살았다. 편안하고 안전한 제주 여행 장소를 검색했다. 네이버 지도에서 소요 거리를 살펴보고, 입장료와 마감 시간을 알아보았다. 휠체어가 있는지 확인하고, 전화 예약하는 것도 며칠 걸렸다. 2박 3일 88세 친정어머니를 모시고 남편과 함께 출발했다. 공항에서부터 무인 기계를 이용하여 비행기표를 출력해야 했다. 기계 앞에만 서면 주눅이 들었다. 변화하는 세상을 살아가는 데 필요한 무인 기계는 속도를 내고 있다. 승차권, 영화관, 식당, 항공권, 은행 등 사람을 대신하여 주문하고 결제되는 시스템으로 늘고 있다. 그동안 말 만하면 편하게 처리되는 사람을 통해 일했다. 디지털 사용이 익숙하지 않다. 예약이나 할인 정보 등은 서툴기만 하다. 실생활에 첨단기기를 접할 기회가 적다는 점도 한몫한다. 배우더라도 자주 사용하지 않으니까 시간이 지나면 기억을 못하는 경우가 많다. 디지털 시대의 편리함에 맞추어 계속 배워야 한다. 앞으로 무인 편의시설은 뛰어넘어야 할 장애물이다. 여행에서조차 감정 없는 기계와의 거래가 쉽지 않음을 경험했다.

11월, 날씨도 좋았고 볼거리가 많은 제주도였다. 예약한 택시로 이동하며 다녔다. 첫 목적지는 잘 꾸며진 큰 정원 '카멜리아 힐'이었다. 흰색, 분홍, 선홍, 붉은 동백꽃들이 피어있었다. 남편은 휠체어 탄 엄마를 꽃길 사이사이로 밀면서 다녔다. 꽃을 좋아하는 엄마다. 동백꽃은 11월 말에서 1월 초 사이가 가장 예쁘다고 한다. 예쁜 꽃을 엄마가 볼 수 있어 다행이었다. 두 번째 장소는 '여미지식물원'에 갔다. 제주 중문단지 동양 제일의 식물원이라고 소개되는 곳이다.

내가 쓰는 글이 너에게 닿기를

오랜만이었다. 우리 아이들이 4살 9살 때 와보았던 곳이다. 그 아이들은 30대가 되었다. 긴 세월이 지났지만 변함없었다. 온실과 실내 시설과 옥외 정원 길을 다녔다. 지난 추억을 떠올리며 새로운 추억을 만들었다. 휠체어를 탄 엄마가 편하게 다닐 수 있어 더욱 좋았다. 숙소로 돌아오는 길, 오설록 티 푸드에서 초콜릿과 녹차를 구매했다. 저녁 식사로 전복죽을 드셨다. 숙소에 도착하였다. 엄마는 1일 차에 벌써 기력이 쇠하였다. 곤하게 코를 고는 모습을 바라보니 눈물이 났다. 그동안 바쁘게 사느라 좀 더 일찍 모시고 오지 못한 것이 후회됐다. 진작 와야 했을 제주도 여행, 엄마 늦은 여행 미안해요. 세상에서 가장 허망한 약속이 바로 '나중에'라고 한다. 오늘을 즐기지 못하는 사람은 내일도 행복할 수 없다는 말을 실감한다. 주어진 1회차 인생이라도 더 잘 살아야 하지 않을까? 조금씩 깨우치며 나이 들고 있다.

미국의 한 사회학자는 만 95세 이상 된 고령자 50명을 대상으로 설문 조사를 한 적이 있다.

"만약 당신의 인생을 다시 한번 살 수 있다면 어떻게 사시겠습니까?"

세 가지 공통적인 답이 나왔다. 첫째, 좀 더 과감하게 도전하며 살겠다고 했다. 인간은 실수한 일에 대해서는 잠시 아픔을 느끼지만, 실행에 옮기지 못한 일에는 평생 후회한다는 사실이다.

둘째, 좀 더 깊이 성찰하며 살겠다고 했다. 그것은 우리 삶에서 가장 소중하고 근원적인 것이 무엇인지 늘 기억하며 살겠다는 것이다.

마지막으로 더 많은 감사를 하며 살겠다고 했다. 우리가 진심으로 감사해야 할 것은 값으로 따질 수 없는 것들이다. 도전하고, 깊이 성찰하며 감사하는 생으로 다시 살았으면 좋겠다는 결과였다.

《지금 이 순간을 살아라》에서 에크하르트 톨레는 '어떠한 일도 과거 속에서 일어날 수는 없다. 과거의 일도 지금 속에서 일어난 것이다. 어떠한 일도 미래 속에서 일어날 수는 없다. 미래의 일도 지금 속에서 일어날 것이다'라고 했다. 틈만 나면 딴생각이 비집고 들어오는 것은 지금에 충실하지 못하기 때문이다. 에크하르트 톨레의 지금은 시간과 감정을 초월한다. '지금 여기'에서의 현존 상태에 강하게 집중하도록 함으로써 깨달음의 맛이 어떤지를 직접 맛보아야 한다고 하였다. 지금 존재하는 이 순간, 깨달음의 맛은 시큼하다.

내가 쓰는 글이 너에게 닿기를

부딪히고 깨지고 그냥 들이대!

서주운

　　인생 끝자락에서 하는 생각이 대부분 비슷하다고 합니다. 하지 못한 것에 대한 후회. 다시 산다면 더 많이 사랑하고 안아주고, 더 많이 함께하고 웃어주고, 더 많이 행복해지고 싶다고. 다시 어린 시절로 돌아간다면 남의 눈치 보느라 못했던 일들, 이것저것 재느라 포기한 것들, 더 넓은 세상에서 더 많은 것을 보고 경험하고 느껴보고 싶다고요. 인생 후회하는 사람 많습니다. 다시 산다면 이렇게는 안 산다. 정말 잘 살 자신 있다고 호언장담하는 사람도 있습니다. 잘 사는 게 뭘까요? 사람마다 가치관이 다르고 생각의 차이가 있으니 이것입니다! 라고 하나로 단정 지어 말하기에는 무리가 있지요. 다만, 누구나 다 잘 살길 바란다는 것입니다. 저도 그렇습니다. 남은 인생 정말 행복하게 잘 살고 싶습니다. 생각해 보았지요. 나에게 잘사는 것은 무엇일까? 나중에 그나마 후회를 덜 하려면 어떻게 살아야 할까? 고심해 보았습니다.

　　첫째, 비교하지 않습니다. 내 인생의 주인공은 바로 나 자신입니다. 남의 시선을 의식하고 남의 말에 휘둘릴 필요 없습니다. 나에게 집중하지 않은 삶은 내 것이 아니지요. 남과 비교한다면 한없이 불행해질 게 뻔합니다. 어제의 나와 비교합니다. 남이 아닌 나 자신과 경쟁합니다.

둘째, 사람이 먼저입니다. 유행이나 물질보다, 눈앞에 이익보다 사람 마음에 집중합니다. 나, 가족, 그리고 지인, 만나는 모든 사람에게 정성을 쏟습니다.

셋째, 태도가 기본입니다. 어디서나 태도를 갖춥니다. 어렸을 때 엄마가 늘 하시던 말씀이 있습니다. 인사만 잘해도 밥은 먹고 살 수 있다고요. 그렇습니다. 태도가 중요합니다.

넷째, 말과 글이 천부입니다. 유독 말에 관련된 속담이 많습니다. 그만큼 말은 중요합니다. 늘 긍정적인 말로 나 자신은 물론 다른 사람에게도 힘이 되어주고 싶습니다. 글은 나를 성찰하는 도구입니다. 내 인생이 좀 더 나아질 수 있었던 이유는 글 쓰는 삶을 만났기 때문입니다.

다섯째, 들이대 정신입니다. 이젠 뭐든지 들이대고 도전하고 경험해 보고 싶습니다. '세상은 넓고 할 일은 많다.'라는 말처럼 우물 안 개구리에서 벗어나 좀 더 넓은 세상으로 나아가서 많고 다양한 경험을 하고 싶습니다.

이 다섯 가지가 남은 생을 좀 더 잘 살아가기 위한 인생 기준입니다. 부여잡고 살아 낼 제 인생철학이지요. 나보다 잘나가는 사람 배아파했습니다. 시댁이 부자라서 신혼 때부터 큰 집에서 외제 차 끌고 다니던 선배가 부러웠습니다. 난 아이 키우며 일하느라 바쁜데 한가하게 해외여행 다니는 친구가 질투 났습니다. 못났지요. 이젠 잘나 보려고요. 그런 게 하나도 중요하지 않다는 걸 알았으니까요. 누구는 위를 보면 슬퍼도 아래 내려다보면 감사하다며 나보다 못한 사람을 생각하라고 하더라고요. 사람 위에 사람 없고 사람 밑에 사람 없습니다. 모두가 동등하고 귀한 존재들이니까요. 나 자신에 집중하면 됩니다. 나를 더 사랑하고 나에게 주어진 모든 것에 감사하면 늘 미소가 지어집니다. 행복합니다.

한때 돈을 좇기도 했습니다. 그런데 그거 아세요? 돈은 좇아가면 더 멀리 달아나더라고요. 마치 나 잡아 봐라. 하며 실컷 놀리고 달아납니다. 잡힐 듯 잡히지 않지요. 내가 할 수 있는 일, 내가 하고자 하는 일을 꾸준히 잘하면 돈은 저절로 따라옵니다. 돈 앞에서 사람을 잃지 않았으면 좋겠습니다. 사람 낳고 돈 낳지 돈 낳고 사람 낳은 거 아니라는 말도 있잖아요. 그 무엇보다 사람이 먼저라는 걸 기억하고 그렇게 살았으면 합니다. 모든 인연에 감사하며 한 사람 한 사람 섬기는 마음으로 정성을 다하는 게 저의 최선입니다. 가장 먼저 지키는 것 중 하나는 경조사를 챙기는 것입니다. 먼저 마음을 표현하면 따뜻해집니다.

《기분이 태도가 되지 않게》라는 책도 있지요. 기본이 태도가 되어야 합니다. 어디서나 예의를 갖추고 기본을 지켜야 합니다. 딱딱하게 근사하게 격식을 갖추라는 말이 아닙니다. 기본적으로 사람으로서 지켜야 할 예의는 그 사람의 인격입니다. 기분이 태도가 되어 손해 보거나 사람들이 멀리하는 그런 사람은 되지 말았으면 합니다. 먼저 인사하고, 호의를 받으면 감사하는 마음 전하고, 대화할 때 경청하고, 때와 장소에 어울리는 옷 입고, 상황에 따라 말하고, 나누고 배려할 줄 아는 태도여야 합니다.

말로 천 냥 빚 갚는다. 오는 말이 고와야 가는 말이 곱다. 낮말은

새가 듣고 밤말은 쥐가 듣는다. 이 외에도 말에 관련된 속담은 엄청나게 많습니다. 말의 중요성을 강조하는데요. 이처럼 세 치 혀로 하는 말들이 사람을 살릴 수도 죽일 수도 있다는 것을 명심하고 늘 좋은 말, 긍정적인 말을 했으면 합니다. 내가 한 말을 가장 처음으로 듣는 사람은 바로 나 자신입니다. 자신에게 어떤 말을 들려주고 싶은가요? 말 한대로 이루어집니다. 말은 그만한 힘을 가지고 있습니다. 나에게 자녀에게 가족에게 아는 모든 이에게 힘이 되는 말을 전하세요. 모두가 성장할 수 있습니다. 글은 나를 가장 많이 성장시켜 주었습니다. 인생을 돌아보며 성찰의 시간을 갖게 해 주었고 살아가는 순간순간을 잡아채서 남길 수 있게 도와주었지요. 오늘을 살아가는, 아니 살아내는 원동력이 되어주었습니다. 삶을, 일상을 기록하세요.

아직 들이댈 일이 많이 남았지요. 다양한 경험을 해 보자 하는 마음입니다. 책도 많이 읽고 글도 다양하게 써보고 산해진미도 맛보고 여행도 다니고 싶어요. 배우고 싶은 것도, 도전해 보고 싶은 것도 많습니다. 다른 사람에게 피해만 안 된다면 눈치코치 안 보고, 이것저것 안 재고 들이대 볼 생각입니다. 많이 시도하고 시작할 거예요. 그리고 실패도 하겠죠. 또 들이대면 됩니다. 42세에 줌바 댄스를 배웠습니다. 마을 축제 무대에도 나갔고요. 43세에 넷째를 출산하고 44세에 패러글라이딩을 타고 하늘을 날았습니다. 잊지 못할 경험이지요. 45세에 퇴사하고 1인기업 공부했습니다. 47세에 공저로 작가가 되어 지금도 이렇게 글을 쓰고 있네요. 앞으로도 크고 작은, 많은 경험을 하고 싶습니다.

인생 짧습니다. 세월 금방 지나갑니다. 나를 내려놓고 부딪히고 깨지고 그냥 들이대 보려고요. 인생 뭐 있나요? 맘껏 도전하고, 배우

내가 쓰는 글이 너에게 닿기를

고, 하고 싶은 거 다 해 보려 합니다. 소중한 사람들과 많이 나누고
사랑하며 행복하게 살아요. 삶의 기본, 인생철학은 꼭 지키면서!

후회 없는 인생

송주하

　　　　　주제 자체가 말도 안 되는 줄 압니다. 지나간 시간을 되돌릴 수는 없는 일이니까요. 그래도 40년 넘게 살아보니, 후회되는 부분이 몇 가지 있습니다. 예전으로 돌아갈 수는 없지만, 이제 막 사회생활을 시작하는 누군가에게 도움이 될까 하여 몇 가지 적어봅니다.

　첫째, 하기 싫은 일을 하고 있다면 멈추는 용기도 필요합니다.
　미용을 오래 했습니다. 돈을 많이 번다는 말 하나 믿고 시작했습니다. 대학교 잘 다니다가, 옆길로 빠졌습니다. 손으로 하는 일을 좋아하는 편입니다. 단순한 서류 작업보다 미용이 훨씬 재미있게 보였습니다. 하지만 겉으로 보는 것과 직접 해 보는 건 완전히 다릅니다. 보통 일이 아니었습니다. 종일 서서 근무하는 것도 힘들었고, 무엇보다 손님의 기분을 맞추며 일해야 하는 부담이 컸습니다. 일 특성상 몇 시간 내내 한 사람을 상대해야 합니다. 조금만 틀어져도 그 시간이 곤욕스럽게 느껴집니다. 서비스업은 철저하게 가면을 써야 합

　　　　　　　　내가 쓰는 글이 너에게 닿기를

니다. 내가 아무리 힘들어도, 아닌 척하고 웃어야 합니다.

위염이 심해져서 배가 자주 아팠습니다. 하지만 대체 인원을 구하지 못해, 억지로 일을 했던 날이 많았습니다. 하루는 못 견디게 아프더군요. 종일 식은땀이 났습니다. 낮에 먹었던 약이 그나마 효과가 있어서, 퇴근할 즈음 복통이 잦아들었습니다. 다음 날이 쉬는 날이었습니다. 병원은 내일 가면 되는 거 아니냐고 원장님이 말하더군요. 말에도 온도가 있다는 걸 그때 알았습니다. 종일 어떻게 견뎠냐싶을 만큼, 생생하게 기억하는 날입니다. 아파도 참아야 한다고 배웠습니다. 직원을 그렇게 대우하는 원장이었다면, 지금은 그냥 나왔을 것 같습니다.

견디면서 일했습니다. 조금 더 노력하면 성공할 수 있다고 스스로 위로하면서 말이지요. 초반에는 무작정 배운다는 마음이 컸습니다. 3년이 지나니까 슬럼프가 왔습니다. 그만두고 싶었습니다. 하지만, 중도 포기하는 것 같아, 차마 그럴 수가 없었습니다. 참으면 나아질 거라 생각했습니다. 슬럼프는 주기별로 저를 찾아와서 괴롭혔습니다. 하지만 그때마다 포기할 수 없었습니다. 지금까지 배운 시간이 아깝고, 익힌 기술이 아쉽고, 들인 비용이 자꾸 생각났습니다. 나이가 들수록, 다른 일에 도전한다는 게 쉽지 않았습니다. 무엇보다 두려운 마음이 가장 컸습니다. 이미 익숙한 세상을 떠나, 굳이 모험하고 싶지 않았던 겁니다.

글 쓰는 작가가 되었습니다. 강의도 하게 되었고요. 전에 하던 일과는 전혀 다른 일입니다. 더 배우고 싶고, 잘하고 싶은 분야입니다. 4년째 해오는 일입니다. 물론 힘든 부분도 있습니다. 그래도 그만두고 싶다는 생각은 하지 않습니다. 공부를 더 해야겠다는 생각이 들 뿐입니다. 요즘 글 쓰고 강의하면서 생각합니다. 전에는 왜 그렇게 용기가 없었나 하고요. 아니다 싶으면 다른 일에 도전해 볼 수도 있는데 말이지요. 한 발짝 떼는 게 두려웠던 모양입니다. 모든 경험은 쓸모가 있다는 말을 위안 삼고 있습니다. 억지로 해왔던 그 세월도, 언젠가는 누군가에게는 도움 되는 소재가 되지 않을까 생각합니다.

둘째, 여행 실컷 다니라고 말해주고 싶습니다. 가능한 선에서 말이지요. 미용일은 일주일에 평일 하루 쉽니다. 성공해야겠다는 열망이 있어서 쉬지 않고 일했습니다. 제주도도 한 번 가 보지 못했습니다. 그런 상태로 서른다섯 살에 결혼했습니다. 신혼여행이 첫 해외여행이 되었습니다. 가는 곳마다 눈이 휘둥그레졌습니다. 비행기도, 태국 공항도, 사람도, 호텔도, 모든 것이 신기하기만 하더군요. 처음으로 경험해 보는 것들이 많았습니다. 태국에서 돌아오고 다짐했습니다. 무리하지 않는 선에서, 여행을 다녀보자고요. 몇 개월 뒤, 태어나서 처음으로 제주도에 갔습니다. 그 느낌이 지금도 생생합니다. 협재 해수욕장의 바다 빛깔을 보고 입을 다물지 못했습니다. 가는 곳마다 감탄했습니다. 심지어 돌도 신기하더군요. 제가 느낀 제주는, 모든 것에 여유가 넘치는 곳이었습니다. 누구 하나 경적을 울리는 사람이 없었습니다. 서로 먼저 가라고 양보하는 모습에서 편안함을 느꼈습니다.

그 뒤로 일본 오사카도 갔습니다. 사흘 내내 비가 와서 아쉽기는 했지만, 배우게 된 것도 있습니다. 태풍이 오는 시기에는 여행 예약을 하는 게 아니라는 사실을 말입니다. 여행은 날씨가 중요합니다. 막연하게 그렸던 일본을 볼 수 있었습니다. 생각했던 것보다 좋은 모습도 있었고, 실망스러웠던 부분도 있었습니다. 특히 기대했던 일본 라면은 입에 맞지 않았습니다. 오사카에서 제일 유명한 집이라고 했습니다. 대기 손님도 많았고요. 부푼 마음으로 한 입 먹었는데, 엄청나게 짜더군요. 결국 다 먹지 못하고 나왔습니다. 기차가 생각보다 깨끗했습니다. 창밖으로 보이는 일본의 모습은 보기 좋았습니다. 이런 마음은, 직접 가서 체험해 보지 못하면 알 수 없는 것들입니다. 보고 듣는 모든 것이 하나의 에피소드가 됩니다. 글 쓰는 일을 시작하면서부터, 경험이 얼마나 소중한지 깨닫고 있습니다.

중국 베이징 여행도 소중한 기억입니다. 만리장성을 직접 본 기분은 뭐라 표현할 수 없습니다. 중국어를 조금 배웠지만, 실전에서는 무용지물이 된다는 것도 알았습니다. 워낙 말이 빨라서 알아들을 수가 없었습니다. 베이징만 그런지 모르겠으나, 어딜 가나 담배 연기가 자욱합니다. 택시 안에서도 거리에서도, 담배 냄새 때문에 힘들었던 기억이 납니다. 정부의 단속도 중국만의 특징입니다. 어디를 가나 생체인식을 합니다. 한 사람의 동선을 정부가 모두 파악하는 거랍니다. 공산국가라 확실히 다르다는 느낌을 받았습니다. 태어나서 제일 많이 걸었던 날이 아니었나 싶습니다. 종일 걸었으니까요. 택시는 바가지요금이 심했습니다. 기사마다 부르는 값이 다릅니다. 들어가는 상점 직원들이, 기본적인 영어도 못 한다는 사실에 놀랐습니다. 단지 'Water'만 말했을 뿐인데도, 모른다며 수줍게 웃습니다. 분리수거를 전혀 하지 않는 모습을 보고 충격을 받기도 했습니다. 물론 베이징의 극히 일부만 보고 판단한 거겠지만, 중국을 잠시나마 느껴보는 시간이었습니다.

셋째, 아낌없이 사랑했으면 좋겠습니다. 무슨 사랑 타령이냐고 생각하는 사람도 있을 겁니다. 사람마다 인생에서 최고로 치는 게 다릅니다. 물론 돈도 중요하고, 명예도 중요합니다. 하지만 제가 생각하는 최고는 사랑입니다. 친한 친구에게 물어본 적이 있습니다. 40년 넘게 살아오면서 미친 듯이 사랑해본 적 있냐고요. 한 번도 없었다고 했습니다. 누굴 보면서 가슴이 떨렸다거나, 한 사람이 보고 싶어서 잠 못 이룬 적이 없었다고 말이지요. 결혼한 친구라, 남편은 어땠냐고 물었습니다. 대답이 단순합니다. 친구들이 결혼하니까, 자기도 한 거라고요. 딱히 마음이 설렜다거나, 이 사람이 아니면 안 되겠다 같은 상황은 아니었다는 겁니다. 그만하면 나쁘지 않겠다. 그게 다였다고 했습니다.

사랑에 대한 정의 중, 제가 특히 공감하는 말이 있습니다. 지인의 SNS에 있던 문구였습니다. '마음 설레는 사랑이 왔을 때 미움과 질투, 그리움과 아쉬움, 심지어 증오와 비참함도 한배를 타고 오는 승객이라는 사실을 기억하세요'라는 말입니다. 좋은 만큼 힘든 게 사랑이라는 말이겠지요. 관심 없고, 사랑하지 않는다면 상대가 누굴 만나든지 신경 쓰지 않을 겁니다.

아이러니하게도 사랑이 깊어질수록 마음이 힘들어질 때가 있습니다. 다 맞는 말이지만, 힘든 게 두려워 사랑하지 않는다면 인생은 어떤 의미가 있을까요? 살아가면서 누군가를 몰래 훔쳐보는 풋풋함, 많은 사람 중에 오직 한 사람만 보이는 신기함, 한 사람만 종일 보고 싶은 그리움. 이런 마음 한 번 느껴본 적이 없다면 슬플 것 같습니다.

적어도 생을 마감할 때, 진심으로 사랑했던 사람 한 명쯤은 떠올라야 하지 않을까요. 그런 게 진짜 인생 아닐까 싶습니다.

내가 쓰는 글이 너에게 닿기를

내 삶이 최고다!

안지영

　　내 삶이 맘에 들지 않았다. 다른 사람의 가진 것 에만 집중했던 시절이 있었다. 남의 떡이 더 커 보였다.

　한 살 차이 나는 사촌 동생과 가깝게 지냈다. 방학 때마다 이모네 에서 지내는 게 낙이었다. 어려서부터 옷도 맞춰 입고 친자매처럼 지냈다. 이모네와 우리 집은 나이가 비슷한 삼 남매라 더 가까웠다. 이모네에 가면 모든 게 부러웠다. 아담한 정원 있는 이층 양옥집, 이층 침대, 내게 없는 바비 인형, 우리 집 피아노보다 큰 피아노가 부러웠다. 생선 가시를 발라 살만 밥 위에 올려주는 이모부가 좋았다. 아빠가 생선 살을 떼어 주거나, 반찬을 밥 위에 올려준 기억이 없었다. "우리 딸, 우리 공주님!" 하면서 뽀뽀해 주는 이모부 딸이 되고 싶었다. 우리는《작은 아씨들》에 나오는 네 자매처럼 지냈다. 항상 넷이 함께였다.

　친가가 충남 대천 바닷가였다. 사계절 내내 바다에 가서 놀았다. 초등학교 4학년 때 서울로 이사했다. 넓은 집과 풍족했던 집과 헤어 졌지만, 외갓집과 사촌 동생들을 자주 볼 수 있어서 행복했다. 서울에서 외가 식구들과 한 아파트 단지에 모여 살았다. 단지 내에 외삼촌 댁, 외할아버지 댁이 있었고, 길 건너 아파트엔 이모네가 살았다. 가까이 살다 보니 우리 집만 불쌍해 보였다. 아빠의 사업이 계속 기울었다. 25평 작은 공간도 감지덕지했다. 이모네는 방 네 개에 화장실이 두 개나 있었다. 모든 것이 풍족했다. 내 옷의 대부분은 이모가 사준 거였다. 사달라고 안 해도 사주셨다. 이모는 우리 집 근처 중학교 교사였는데 퇴근길에 늘 맛있는 걸 사오셨다.

고등학생 때, '마이마이'라는 소형 카세트가 나왔다. 그 당시 학생들은 거의 가지고 있었다. 나도 갖고 싶었는데 말 못 했다. 이모부가 고등학교 입학 선물로 사주셨다. 뭐든지 날 먼저 챙겨서 눈물이 났다. 아빠는 우리 마음에 관심 없는데 이모부는 다 헤아렸다. 사촌 동생들이 서운할 수 있었는데 전혀 티 안 냈다. 만날 때마다 "우리 지영이, 웃는 얼굴이 예쁜 딸!"이라며 반기는 이모부의 목소리가 그립다.

성인이 된 후, 사촌들과 추억을 나누다가 놀라운 사실을 알게 되었다. 사촌 동생이 우리 집을 부러워했다고 한다. 이해가 안 됐다. 완벽한 가정이었는데 모든 게 부족한 우리 집이 부러웠다니 믿기지 않았다. 우리 엄마가 부러웠단다. 엄마는 조카들과 소통을 잘하는 이모, 고모였다. 우리 집은 엄마 덕분에 대화가 끊이지 않았고 여행도 자주 다녔다. 그것도 부러웠다고 한다. 늘 누리고 있어서 정작 난 느끼지 못했나 보다.

우린 항상 누군가와 비교하며 살고 있다. 내가 가지지 못한 삶, 부족한 물질 등에 초점을 맞춘다.

중년의 나이에 서 있다. '내가 만약'이란 조건으로 다른 삶을 상상해본다.

"내가 다른 부모를 만났다면?"
"내가 미술 전공을 처음부터 했다면?"
"아빠가 사업 안 했다면 지금보다 행복했을까?"
"남편이 아닌 다른 사람과 결혼했다면 더 나았을까?"

이런 거로 남편과 말다툼을 한 적이 있었다.

"내가 당신 안 만났으면 지금 이러고 있지 않지!"

쓸데없는 시간 낭비였다. 이제야 깨달았다.

사람은 살아가면서 언제나 선택의 갈림길에 서 있다. 그 당시 최선을 위한 선택은 어떤 결과가 오든 책임지는 태도다. 우리는 항상 위만 보고 있다. 나보다 잘사는 사람, 잘난 사람, 부자인 사람, 성공한 사람. 좋은 차 타는 사람, 큰 평수 자가인 사람.
큰아이가 중학교 입학을 앞두고 전자사전을 갖고 싶어 했다. 친구들은 스마트 폰에, 아이폰을 가지고 다니는데 아들만 2G 폰이었다. 어느 날 전자사전이 필요하다고 했다. 영한사전을 쓰라고 하니 다른 친구들과 비교했다.

"우리 집은 왜 이리 가난한 거예요?"

갑자기 울음을 터트렸다. 학생 신분에 맞지 않아 좀 더 기다리라고 한 것뿐인데 속상했나 보다. 아직 어리기에 보이는 게 전부라 생각하니, 계획적인 소비를 하는 우리 집이 가난하다고 생각했나 보다. 쌉쓸했다. 아들도 다른 친구들과 비교하니 속상할 수 있다. 혼내지 않고 대화로 마무리했다.

내가 살아온 인생이 순탄하지는 않았다. 행운의 여신이 나만 비껴간다고 섭섭했다. 실패 속에서 성공을 알아보기 힘들기 때문이다.

우리 속담에 "뒤로 넘어져도 코가 깨진다."라는 속담이 있다. 내가 그랬다. 시험 운과 직장 운이 그랬다. 만약 대학 시험에 한 번에 붙고 남들보다 잘 나가는 인생이었다면 어떤 삶을 살고 있을까?

성적이 떨어진 아이를 위로하지 못할 것이다. 잔병치레도 많았다. 병원 많이 다닌다고 걸어 다니는 종합 병원이라고 농담하는 사람이 야속하다. 아파지고 싶어서 아픈 게 아닌데 말이다.

멀미가 심해 여행이 두렵다. 불편한 사항들이 많은 몸이다. 겪어 보니 오히려 축복이었다. 별별 통증, 고민하다 보니 타인의 고통이 잘 보였다. 통증을 공감하고 도움이 되는 병원과 약을 추천하기도 한다. 가족이 아프면 응급처치도 할 수 있다.

디베이트 코치 자격증 시험이 세 가지 있었다. 첫 시험인 디베이트 코치 2급에 떨어졌다. 얼굴이 화끈거렸다. 처음엔 쥐구멍만 찾았다. 한 번 떨어졌다고 숨는 건 답이 아니었다. 떨어진 사람 중 나만 인문학 토론에 참여했다. 토론자로 수시로 섰다. 이런 모습을 보고 응원이 아닌 비난을 던지는 동기들이 있었다. 어이가 없었다. 디베이트 심판 실기 시험도 떨어졌다. 1년 동안 앞만 보고 달렸다. 재시험을 보고 토론자로 활동했다. 그 해 디베이트 어워드 금상을 받았다. 초중고 교단에서 토론 수업을 할 때 그동안의 맘고생을 보상받는 것 같았다. 동기들은 부심을 하는데 나는 타임키퍼 자리에 앉았다. 최선을 다해 실수 없는 타임키퍼로 대회를 마쳤다. 1년 후 부심, 4년 후 대학교 토론 대회 주심을 맡았다.

실패한 건 내가 아니었다. 소리 없이 사라진 사람들이었다. 실패가 없었다면 지금의 나도 없었을 것이다. 귀금속 관련 이력서가 전혀 다른 방향으로 채워졌다. 귀금속 산업기사 자격증이 빠지고 독서 논술 지도사, 독서 디베이트 코치 1급, 디베이트 심사위원 자격증이 칸을 채웠다. 구멍 난 마음도 채워졌다.

아직 성공이라 말하기 이르다. 고등학교 때 날 알던 친구들은 놀란다. 고3 담임 선생님이 날 못 알아볼 거라 한다. 남들 앞에서 말 못 하고 성적도 낮아 대학도 다 떨어진 내가 학생들에게 토론을 가르치고 글 쓰는 작가, 라이팅 코치로 활동하고 있다는 걸 믿지 못할 것이다.

속상하지 않다. 내 삶의 주인공은 다른 사람이 될 수 없으니까. 다른 생을 살 수 있다면 어떤 삶을 살고 싶냐고 묻는다면 이렇게 대답하고 싶다. 다른 삶을 볼 수는 있겠지만 내 삶을 살기에도 시간이 부족하다고 말이다. 예전엔 나와 전혀 다른 삶을 동경했었다. 살아보니 그 시간에 책 한 페이지라도 더 읽는 게 낫겠단 생각이 든다.

나보다 낮은 자리에 있는 사람과 비교하면 위험하다. 나 자신이 건방지고 흉해진다. 나보다 높은 곳에 있는 사람과도 견주지 말아야 한다. 모든 게 우울해져 비참해진다. 행복이 자취를 감춰버린다. 나답게 살되 지금 사는 삶에 몰입해라. 잘 사는 건, 누가 더 가치에 집중하느냐에 달려 있다.

내가 살아온 굴곡진 삶이 좋다. 나의 목표는 '가치 있는 삶'이다. 책 읽고 글 쓰는 삶이다. 그렇게 살면서 더 단단해지고 삶이 영글면 좋겠다. 더 나아가 나보다 힘든 사람에게 손 내밀어 줄 수 있는 글 쓰는 것이 바람이다.

만약 다른 삶을 선택할 기회를 신이 준다면 거절할 것이다. 그동안 실패를 견뎌낸 게 아깝다. 실패담 많은 생이 잘 될 일만 남았다. 지금 사는 삶에 집중하면 된다. 다른 사람의 삶에 침 흘리며 부러워하지 않겠다. 누군가를 부러워하는 생이 아닌 내가 일궈 온 내 삶을 좀 더 채우다 보면 성공한 삶이 될 것이다.

내가 쓰는 글이 너에게 닿기를

램프의 요정이 없어도 괜찮아

이승희

회귀·환생·빙의(회·빙·환)는 드라마, 영화, 웹소설의 단골 소재이다. 회귀는 현재의 기억을 가지고 과거로 돌아가는 것. 환생은 전생의 기억을 가진 채 아예 새로운 사람으로 다시 태어나는 것, 빙의는 역시 전생의 기억을 가지고 이미 태어난 사람의 몸에서 다시 깨어나는 것이다.

회·빙·환의 대표 격 드라마로 웹소설이 원작인 〈재벌 집 막내아들〉이 있다. 2022년 배우 송중기가 출연해 최고의 인기를 구가했던 이 드라마는 주인공이 원수의 집에 환생해 복수와 성공을 완성한다는 내용이다. 많은 인기를 누렸던 〈어게인 마이 라이프〉나 〈금수저〉역시 같은 설정을 소재로 썼다. 최근 방영하기 시작한 〈내 남편과 결혼해 줘〉라는 드라마는 웹툰이 원작으로 회귀한 주인공이 자신을 배신한 남편과 친구에게 복수하는 내용을 담고 있다.

회·빙·환은 2010년대 초부터 웹소설의 성공 공식으로 자리 잡기도 했다. 그만큼 많은 사람이 이 소재에 공감하고 있다는 뜻일 터다. 나 역시 그렇다. 어려서부터 무협지, 판타지, SF 소설에 탐닉했다.

웹소설에도 푹 빠졌다. 그러다 웹소설 기획사를 차렸고 웹소설을 쓰고 있다.

사람들은 왜 이렇게 과거를 다시 사는 소재에 열광할까? 지나온 삶이 후회스럽기 때문은 아닐까? 이런 후회를 하면서 다시 기회가 주어진다면 다르게 살 텐데. 자신을 돌아보며 성찰하게 되는 것이다.

2000년, 1월. 친구 은미와 함께 이창동 감독의 영화 〈박하사탕〉을 보았다. 주인공이 기찻길에서 "나 다시 돌아갈래!" 하며 외치는 장면을 보는데 가슴이 저릿저릿했다. 극장을 나오던 길에 은미가 물었다.

"넌 시간을 거슬러 올라갈 수 있다면 몇 살 때로 가고 싶어?"

나는 바로 고개를 흔들었다.

"절대 돌아가고 싶지 않아."

지금의 의식을 그대로 가지고 갈 수 있으면 몰라. 다시 돌아가 봐야 딱 그만큼 어리석고 불안한 꼬맹이일 텐데. 인생 제대로 살려면 공부 열심히 하고, 동생들 잘 챙기고, 나중에 후회할 일 안 하면서 살아야 한다는 걸 알 리가 없잖아. 또 그때처럼 음울한 집이 싫어서 공부한단 핑계를 대고 매일 친구 집으로 도망가거나, 교과서 밑에 동화책 숨겨 놓고 보기나 하겠지. 은미는 또 물었다.

"그럼 현재 기억을 가지고 갈 수 있다면 옛날로 돌아갈래?"

내가 쓰는 글이 너에게 닿기를

조금 머뭇거리기는 했지만 "그래도 싫어." 고개를 저었다. 그때는 창창한 30대였으니까 굳이 돌아갈 필요를 느끼지 못했던 것도 같다.

50대를 훌쩍 넘긴 요즘은 생각이 조금 바뀌었다. 현재의 의식을 가지고 인생을 다시 살 수 있다면 돌아가고도 싶다. 그만큼 돌이키고 싶은 일도 많고 후회가 많이 쌓였다는 얘기다.

잠자리에 누웠는데 잠이 안 올 때면 가끔 자신에게 물어본다. 회귀, 빙의, 환생 중 뭐가 좋아? 빙의는 남의 몸에 들어가는 거니까 별로. 환생도 내 부모, 동생 놔두고 다른 집에 태어난다는 건 가족을 버리는 것 같아 패스. 그래도 가려면 회귀가 낫겠네. 그럼 언제로 돌아가고 싶은데? 10대는 너무 암울해서 싫고. 막 스무 살이 되었을 때로 돌아가면 좋겠다.

스무 살, 문창과에 다니던 나는 교수님이 내 재능 여부를 평가해주기를 바랐다. 《광장》을 쓰신 최인훈 교수님에게 묻고 싶었다. "교수님, 저에게 '어린 왕자' 같은 걸작을 쓸 재능이 있나요?" 그렇다면 당장 필력이 늘지 않더라도 신춘문예에 떨어지더라도 한 10년쯤은 굶더라도 죽어라 하고 노력할게요. 그런 속뜻이 있었다. 나만 그랬나. 동기들 대부분은 파전 한 장으로 막걸리 서너 주전자를 마시며 푸념하곤 했었다.

제 유전자 속에 글 쓸 재능이 있는 건가요? 물을 때마다 교수님들은 어이없어하셨다. 꾸준히 쓰는 것만이 답이다. 너희가 문창과에 합격했고 글을 쓰고 싶다고 생각하는 것이 곧 재능이 있다는 말이다. 믿기 힘들었다. 그때 교수님 말을 믿고 치열하게 글 썼던 친구들은 지금 이름만 대면 알만한 사람은 다 아는 작가로 활동하고 있다.

시인이셨던 오규원 교수님은 "여자가 글 쓰려면 독해야 한다." 하는 말을 입버릇처럼 하셨다. "타협하지 말고 독하게 써라."라고도 하셨다. 그 말 들을 때마다 입을 비죽였다. 칫, 교수님은 이미 성공한 시인에다 직업도 짱짱하니까 그런 말씀 하시는 거죠. 여자는 글을 치열하게 쓰지 못한다는 비하 발언인 것 같아서 기분 나쁘기도 했다.

지나고 보니 알겠다. 80년대였다. 여성 평등, 가사 분담이라는 말이 지극히 불온한 사상쯤으로 치부되던 시절이었다. 그런 세상에서 살림하고 애 키우면서 글 쓴다는 것이 얼마나 힘든지 알고 계시기에 했던 말이었다. "독해져라!"라는 말속에는 제자가 여자라는 덫에 치여 글을 포기하지 말기를 바라는 마음이 담겨 있었다.

그때 내 재능을 가장 믿지 않았던 것은 나 자신이었다. 학기 말 작품집에 쓴 소설을 보신 최인훈 교수님이 "잘 썼다. 다음 작품도 가져와 봐라."라고 하셨는데 가지 않았다. 교수님을 보면 도망만 다녔다. 속으로 변명하기 바빴다. 우리 집 가난해서 아르바이트해야 해요. 비겁한 자기 합리화였다.

대학 졸업 후에는 전공과 상관없는 일을 하게 됐다. 출판사 월급은 짜다는 엄마의 성화 때문이었다. 형광등 만드는 중소기업 ㈜신광기업 무역부에 들어갔다. 출근한 지 일주일째. 일 배우기 바쁜데 회사 기획부장이 불렀다. 기획부장실에 갔더니 다른 회사 사보가 산처럼 쌓여있었다.

"미스 리, 문창과 나왔던데. 사보 좀 만들어 보지."

　　　　　　　　내가 쓰는 글이 너에게 닿기를

옳다구나 싶었다. "그럼 저 홍보과로 발령 내 주세요. 사보 열심히 만들고 홍보 업무 하겠습니다." 기획부장이 개기름 흐르는 얼굴로 느끼하게 웃었다.

"하하, 원래 사보는 사원의 힘으로 만드는 거야."

결국 무역 업무를 하면서 사보를 혼자 만들어야 했다. 계절에 한 번씩 네 번이나 만들었다. 따로 사보 만드는 방법을 배운 적도 없었지만, 얼추 나쁘지 않게는 했던 것 같다. 그때 글로 먹고살 수 있는 방법을 찾고, 쓰고 싶은 소설 썼으면 됐을 텐데. 그러지 않았다.

스무 살 넘은 딸 머리채 잡는 것도 서슴지 않는 엄마 그늘을 빨리 벗어나고만 싶었다. 도망치듯 결혼하고 아이를 낳았다. 아이 낳고 기르면서 살림할 때도 충분히 글 쓸 수 있었을 텐데 엄두도 못 냈다. 언젠가는 내 작품 쓰고 말 거야. 돌림 노래 후렴구처럼 되풀이하기만 했다. '내 글을 쓰겠다.' 이 꿈이 있는 한 나는 집안에만 안주하는 가정주부들과는 다르다고 생각했던 것 같다. 덜자란 자긍심에서 나온 생각이었다.

대학 다니던 스무 살 때의 나, 아이 젖을 먹이고 있는 스물여섯의 나, 혼자 살며 자유기고가로 활동하던 서른셋의 나를 만나면 우선 꼭 안아주고 싶다. 등을 다독이며 "사느라 힘들었지. 고생했어. 괜찮아." 위로해 주고도 싶다. 그다음에는 내 앞에 찾아왔던 수많은 기회를 걸어차고, 도망쳤던 내 손을 꼭 잡아주고 싶다.

강한 척 그만하고, 죄책감에 시달리지도 말아라. 램프의 요정 지니에게 머리 좋아지게 해달라, 소원 빌지 않아도 된다. 신에게 셰익

스피어 같은 재능 달라, 기도하지 않아도 된다. 오직 너를 믿으면 된다!

다른 방법은 없다고. 그저 매일 책 읽고, 글 쓰면 된다고. 그러다 보면 원하는 글을 쓰고 책을 낼 수 있을 거라고 얘기해 주고 싶다.

내가 쓰는 글이 너에게 닿기를

마음을 바꾸면 세상이 바뀐다

임주아

이번 생은 망했다! 다시 태어나야 한다!

    TV에서 자기 외모가 마음에 들지 않거나, 처한 상황이 힘들다며 위와 같은 말이 자주 등장합니다. 죽는다는 무서운 말을 아무렇지도 않게 개그의 소재로 삼거나, 드라마나 영화에서 사람이 아무렇지 않게 죽는 일은 다반사로 일어납니다. 죽음을 소재로 한 여러 가지 이야기들이 끊임없이 나옵니다.

    우리나라는 세계 자살률 1위를 유지하고 있습니다. 2023년 보건복지부와 질병관리청 자료에 따르면 해가 지날 때마다 자살시도자가 늘어나고 있습니다. 2022년에는 2012년을 기준으로 68%나 증가했습니다. 또한, 지난 3년간의 코로나 사망자보다 자살하는 사람이 351명 더 많았다고 합니다. (출처, NEDIS 표준등록체계) 2022년 자살 및 자해 시도자 중 46%는 10대와 20대로 모두에게 큰 충격을 주었습니다. 공부보다 인생의 목표와 의미를 단단히 공부해야 하는 이유가 여기에 있습니다.

죽는다고 다시 태어난다는 보장도 없고, 태어난다고 하더라도 지금보다 나아질 거라 확신할 수 없습니다. 자살은 살인 행위입니다. 자신뿐 아니라, 주변 사람들에게 씻을 수 없는 큰 상처를 주는 일입니다. 드라마나 영화에서처럼 다시 살아나는 로맨틱한 일은 일어나지 않습니다.

사람은 누구나 상처와 아픔을 안고 살아갑니다. '남의 불행보다 내 손톱 밑의 가시가 더 아프다'라는 말처럼 나의 일이 제일 중요하게 느껴지겠지요. 그럴수록 주변 사람들과 아픔을 나누고, 공감하고, 대화하는 일이 중요합니다. 그래도 힘들다면, 전문가를 찾아 상담하고 약의 도움을 받는 것도 추천해 드립니다.

"당신이 헛되이 보낸 오늘은, 어제 죽은 이가 그토록 그리던 내일이다."

소포 클래스 명언입니다. 하루가 소중하지 않은 사람은 없을 겁니다. 아침에 일어나 '나는 오늘 하루를 허투루 보낼 거야' 결심하는 사람은 없을 거로 생각합니다.

두 사람이 똑같은 일을 경험한다고 하더라도, 받아들이는 생각이나 감정은 다를 겁니다. 이것은 각자 가지고 있는 경험이나 지식, 감정의 해석이 다르기 때문이지요. '같은 일을 겪었더라도 해석하기에 따라 다르다'가 바로 핵심입니다. 긍정 필터를 끼고 다시 재해석을 긍정적으로 해 보는 겁니다. 어떻게든 자신에게 유리한 쪽으로, 도움이 되는 해석으로 받아들이는 것이 중요합니다.

저는 태어나자마자 조산원에 버려졌습니다. 저의 책《봄이 오는 시간, 한번 살아보겠습니다》에 자세히 썼지만, 저에게 주어진 상황을 최대한 긍정적으로 해석하고 희망을 놓지 않고 살아냈습니다. 한번의 입양과 파양, 그리고 가난한 엄마와 두 번째 만남, 가난으로 얼룩진 청소년기, 어떻게든 살아보려고 했던 노력이 고스란히 담겨 있습니다. 힘든 현실 속에서 제가 할 수 있는 것이라고는 어떻게든 희망을 놓지 않고 스스로 유리하게 생각했던 것입니다. 긍정적 생각, 희망, 미래에 대한 상상. 그것들이 저를 살게 했습니다.

"나를 죽이지 못한 것은, 나를 더욱 강하게 만들 것이다."

제 인생의 최고 문장, 니체의 명언입니다. 그 어떤 것도 나를 죽이지 못할 것이고, 나는 그것들을 이겨낼 것이다! 스스로 강한 사람이라 인정하고, 희망을 끝까지 놓지 않겠다는 그 마음이, 힘든 상황 속에서 저를 버티게 했습니다.

힘든 일들을 포함해 모든 것은 영원하지 않고, 언젠가는 좋은 날이 옵니다.

저의 환경과 상황이 바뀌지 않는데도 제가 견뎌낼 수 있었던 것은, 있었던 일들의 '재해석'의 힘이었습니다.

'나에게 일어난 일들은 어떤 것을 알려주려 일어나는 것일까?'
'나는 이번 일을 통해서 또 하나를 배워가는구나!'

있었던 경험이나 일들은 그대로였습니다. 왜곡하지도 부정하지도 않았습니다. 저의 마음 하나 바꾼 것뿐이었습니다. 일어난 사건이나 사고를 문제로만 받아들이지 않고, 시선의 각도를 살짝 바꾸어 생각했지요. 일어난 문제들이 제 인생 밑거름이 될 것이라고 믿었습니다. 지혜로운 사람이 되어 가는 과정이라고 생각했습니다. 그랬더니, 당시에는 힘들기만 하고 괴로웠던 일들이 삶에서 얻어낸, 살아 있는 교훈이 되었습니다.

이번 생은 망해서 다시 태어나고 싶으세요?
여기 죽지 않아도, 다시 태어나지 않아도, 새롭게 시작하는 방법이 있습니다! 마음 하나만 바꾸면 세상이 달라집니다.

'나에게 얼마나 좋은 일이 일어나려고 이렇게 힘든 일이 일어나는 걸까?'

인생 총량의 법칙. 행복도 불행도 양이 정해져 있다는 사실! 나쁜 일이 일어났다면 좋은 일이 오려나 보다 생각하면 됩니다.
부모에게 버려져 힘들고, 파양되어 힘들고, 가난해서 힘들고, 이 래서 힘들고 저래서 힘들고. 모두 다 지나간 일입니다. 그런 일들이 저의 인생에서 어떤 의미이고 무엇을 알려주려는 의도인지 생각해 봅니다.

'라이팅 코치(Writing Coach)'로 글 쓰는 삶을 살아가려 합니다. 저 처럼 삶이 힘들었거나 힘든 분들과 마음 나누고, 글 쓰며, 마음 단단하게 하는 '공부하는 삶'을 살아갈 생각에 가슴이 벅차오릅니다.
현재(24. 01. 30.) 592호 작가를 배출한 국내 최고의 〈자이언트 북 컨설팅 그룹〉 소속 작가이자 글쓰기 코치가 되었습니다. 2021년 1월부터 시작해서 현재까지 책 쓰기 정규 수업에 참여하고, 라이팅 코치 과정도 이수했습니다. 살아온 날의 경험을 바탕으로 상처를 대하는 지혜를 나누고, 위로하며, 응원할 수 있는 코치의 삶에 도전하려 합니다.

삶은 변화의 연속입니다. 새로운 경험을 하고 도전하며 성장해 갑니다. 공부함으로써 삶을 더 풍요롭게 만들고 가능성을 펼칠 수 있습니다.

아직도 이번 생이 망했다고 생각하세요? 다시 재해석합시다! 이제부터가 진짜 시작입니다.

우물쭈물하지 말고 일단 해 보자

장진숙

'고! 나는 못 먹어도 고야!'

가족과 함께하는 화투판에서 했던 말입니다. 그런데 삶에서는 달랐습니다. 선택의 순간, 걱정은 잠시 내려두고 눈 감고 일단 시작했어야 했습니다. 우물쭈물하다 시간을 보내고 후회하지 말아야 했습니다. 후회의 기억들은 언제나 아쉬움을 남깁니다. 이제 더 이상 '왜 그랬어. 그냥 다른 생각하지 말고 했어야지!'라고 후회하지 않기를 선택합니다. 그냥 했더니 별일이 일어나지 않았습니다. 새로운 멋진 경험을 얻게 됐습니다. 이제부터 우물쭈물하지 않고 좀 더 적극적인 삶을 선택하는 사람이 되겠습니다. 배경 화면이 되는 삶은 이제 사절입니다.

2016년 가을 스페인 그라나다에서 해바라기가 보고 싶었습니다. 끝없이 이어진 해바라기밭 중간, 노란 해바라기 꽃잎에 쌓여서 맑은 하늘을 보고 싶었습니다. 이런저런 핑계를 대고 미루다 해바라기밭

내가 쓰는 글이 너에게 닿기를

과 멀어질 것 같아 마음이 조급해졌습니다. 일단 2017년 4월 초, 바르셀로나로 입국해서 마드리드로 출국하는 비행기표부터 예약했습니다. 비행기표는 취소 시 환불이 안 되는 상품으로 골랐습니다. 여행 중간 언제든 그라나다의 해바라기밭을 가면 될 것 같았습니다. 업무를 벗어나 마음 편하게 휴가를 갈 수 있는 시기라 흥분이 가라앉지 않았습니다. 그런데 스페인 남부는 4월 말부터 해바라기가 개화를 시작해서 이번에 만개한 해바라기를 볼 수 없다는 사실을 나중에 알았습니다. 비행기표를 취소할 수도 없었고, 해바라기가 만개한 6월은 업무 때문에 휴가를 낼 수 없어 걱정이 이만저만이 아니었습니다. 백만 원이 넘는 표를 버릴 수 없으니 돌아올 수 없는 강을 건넌 것이지요. 일은 어떻게든 될 테니 그냥 가기로 했습니다. 세르반테스의 소설 속 주인공 돈키호테가 갔던 길에 가 보기로 했습니다. 바람에 맞서, 무모하게 거인과 싸운 돈키호테가 이번 여행을 가는 나와 닮은 것 같아 선택한 여행지였습니다. 돈키호테가 갔던 길을 가다 보면 삶의 답이 조금 보이지 않을지 하는 기대도 생겼습니다.

돈키호테의 길에 관한 정보는 찾기 어려웠습니다. 교통편이 적어 자가용이 없으면 이동하기 불편한 곳이었습니다. 마드리드에서 풍차마을 콘수에그라를 거쳐 톨레도로 가 보기로 했습니다. 교통편이 불편해서 한번 어그러지면 답도 없다는 부담 때문이었을까요? 아니면 지금까지 여행으로 피로가 누적됐기 때문일까요? '콘수에그라'에 가기로 한 날, 눈 뜨고 몸을 일으킬 수 없었습니다. 무리하면 다음 일정들은 다 취소해야 할 것 같았습니다. 남은 일정을 위해서 조금만 쉰다는 것이 오전 8시가 넘어서 일어났습니다. 타려고 했던 기차는 이미 떠났을 시간입니다. 시간이 지날수록 풍차마을에 갈지 말지 고민하다 시간만 흘렀습니다. 늦게라도 풍차마을에 가기로 했습니다. 버스터미널에 도착하니 바로 버스가 떠났습니다. 이제는 톨레도로 바로 가거나 기차를 갈아타서 다른 풍차마을로 가는 것 중 선택해야 했습니다. 여긴 더 시골이라 중간에 기차를 갈아타는 시간이 안 맞으면 택시밖에 이동할 방법이 없습니다. 고민하다 돈키호테가 풍차를 거인으로 알고 맞서 싸웠다는 풍차마을 '캄포 데 크립타나'에 가기로 했습니다. 기차를 갈아타야 할 중간역에는 지나는 사람도 없이 고요했습니다. 기다려도 기차는 오지 않았습니다. 뭔가 느낌이 싸했습니다. 역무원을 찾을 수도 없었습니다. 역 안을 헤매다 지나는 사람을 붙잡고 물으니, 풍차마을로 가는 기차가 운행을 안 한다고 합니다. 아뿔싸! 걱정하던 일이 일어난 것입니다. 이제 어떻게 해야 할지 막막하기만 했습니다. 여기까지 왔는데 풍차마을을 포기할 수 없었습니다. 그냥 택시를 타고 풍차마을 '캄포 데 크립타나'로 갔습니다. 거긴 작은 시골 마을이었습니다. 길을 따라가서 돈키호테의 길을 알려주는 안내판이 보고 풍차가 있는 언덕으로 올라갔습니다. 눈앞에는 너무 건조하고 황량해서 풀조차 자라기 힘든 벌판에 흙먼지만 날리고 있었습니다. 쌓여있는 돌 위에 앉아 풍차를 바라보며 이적의 노래 '로시난테'를 자동 재생으로 들었습니다. 이룰 수 없는 꿈이라는 말에 눈물이 나왔습니다. 돈키호테가 풍차로 돌진하는 상상을 해 봅니다. 돈키호테에게 말도 걸어 봅니다. 거인을 향해 달려가는 것이 두렵지 않았냐고 어떤 힘이 있어 계속 도전할 수 있었냐고 말입니다. 그때 저는 회사 일은 버거웠고 매일 눈뜨고 출근해서 가진 에너지를 회사에서 다 쓰고 퇴근하는 일상에 지쳐 있었습니다. 가끔 내가 바람의 방향에 따라 움직이는 공기인형 같다고 생각했습니다. 여기 이렇게 앉으니 내가 돈키호테가 된 것 같았습니다. 나도

내가 쓰는 글이 너에게 닿기를

풍차를 향해 달려갈 수 있을 것 같았습니다. 지금 내가 해야 할 일들을 다할 수 있을 것 같았습니다. 마음이 편안해졌습니다. 풍차마을에 오길 잘했습니다. 1시간 정도 풍차와 이야기를 나누고 좁은 골목길을 따라 마을로 내려왔습니다.

톨레도행 버스를 타기 위해 택시를 탔습니다. 콘수에그라 터미널로 가 달라고 했습니다. 택시 기사가 어디 다녀왔냐고 물을 줄 알고 풍차를 뜻하는 스페인어 '몰리'라고 말했습니다. 뭐가 잘못됐을까요? 버스터미널로 가는 길이 조금 이상했습니다. 택시 기사는 '몰리'라는 말을 듣고 '콘스에그라'의 풍차가 있는 방향으로 가고 있었습니다. 다 와서 풍차를 보고 알았습니다. 여행경비가 많지 않아 택시로 오래 이동하기가 부담스러웠고 톨레도행 버스 시간이 임박한 상황이라 많이 당황했습니다. 기왕 '콘수에그라 풍차'까지 왔으니 풍차 사진을 찍고 버스터미널로 출발했습니다. 이곳의 풍경은 절벽이 있어 먼저 간 풍차마을과 느낌이 달랐습니다. 버스 시간에 겨우 맞춰 도착했건만 버스터미널 정보센터는 부활절 주간이라 문이 닫혀 있었습니다. 대신 그 앞에서 버스를 기다리는 사람들이 몇 있어 물어보니 모른다는 말만 합니다. 기다려도 톨레도행 버스가 오지 않았습니다. 가지고 온 캐리어는 무겁고 등에는 식은땀이 흘렀습니다. 그 앞에서 계속 왔다 갔다 했습니다. 감사하게도 친절한 버스 기사가 나타났습니다. 부활절 기간이라 버스 운행 시간도 달라졌다고 합니다. 여기가 버스 타는 곳이 맞고 다음 톨레도행 버스는 50분 후 이곳에서 출발한다고 알려줬습니다. 그 말에 마음이 차분해졌습니다. 버스정류장에서 마냥 버스를 기다리기에는 시간이 아까웠습니다. 그래서 마을 안쪽으로 들어갔습니다. 광장 중심 종탑에서 종이 울렸습니다. 더 들어가니 교회에서 웨딩드레스를 입은 신부와 신랑이 계단 아래로 내려오고 주위에는 가족들이 둘러싸고 있었습니다. 스페인 현지 결혼식에 영화를 보는 것 같았습니다. 얼굴에 웃음이 끊이지 않은 신혼부부였습니다. 한국의 결혼식과 분위기가 달랐습니다. 결혼하는 부부들이 행복하게 잘 살길 기도하며 거기를 나왔습니다. 우물쭈물했지만 풍차마을 가기로 선택하고 행동했더니, 두 곳의 풍차마을과 스페인 시골 마을도 구경하고 현지 결혼식까지 볼 수 있었습니다. 지금도 그때를 떠 올리면 긴장감에 나의 심장이 쫄깃해지는 것 같습니다. 여행을 준비하면서 숙소와 교통편을 몇 차례 확인했지만 예측하지 못한 일이 일어났고 나는 새로운 경험을 했습니다. 멋진 추억이 생겼습니다.

내가 다음 생을 살 수 있다면 가장 해주고 싶은 말이 무엇인지 생각해 봤습니다. 그러다 찾은 것이 '고민으로 시간을 보내지 말고 지금 바로 실행하라'는 말입니다. 우물쭈물하며 놓치는 것도 있고 늦게 시작하는 것도 있습니다. 그러나 지나고 보면 하길 참 잘했다는 생각이 든 일이 많았습니다. 좋은 경험이든 나쁜 경험이든 나를 성장하게 했습니다. 기회가 된다면 뭐든 한 번 더 경험해 보겠습니다. 두려움을 조금 걷어내고 도전하겠습니다. 모든 경험은 나의 삶을 풍성하게 만들고 성장시키는 자양분이었습니다. 이제는 고민이나 걱정보다는 그냥 하고 싶은 것을 하기로 선택하겠습니다. 실수해도 괜찮습니다. 다른 경험이 나를 기다리고 있으니 말입니다.

내가 쓰는 글이 너에게 닿기를

어떤 삶이든, 그럼에도 불구하고!

정가주

"엄마, 나 다시 태어나면 그때는 부잣집 강아지로 태어나고 싶어."
"부잣집 강아지?"

최근 태어난 지 2개월 된 실버 푸들을 입양했다. 아이들은 집에 들어오자마자 강아지 자두부터 찾는다.

"엄마, 자두는 뭐해?"
"엄마, 혼내면 어떻게 해? 자두가 뭘 안다고."

밥 주고 목욕시키고 똥, 오줌 다 치우는 나는 혼내지도 못한다.

"너희가 다 알아서 한다며? 이게 알아서 하는 거야? 빨리 똥 치워!"

나이 오십에 셋째 아기 수첩 들고 동물병원 갈 줄은 나도 몰랐다.
그래도 귀여운 짓을 많이 해 어느새 나도 자두 바라기가 되었다.

"자두야. 배고파? 엄마가 간식 줄까? 자, 앉아봐. 에고, 이뻐."

나긋나긋한 목소리로 말하니 아이들이 그런 나를 보고 말한다.

"우리한테는 맨날 잔소리만 하는데, 엄마는 자두가 더 예뻐? 아. 나도 다음에는 부잣집 강아지로 태어나고 싶다. 하고 싶은 거 다 하게!"
"뭐? 강아지로 태어나고 싶다고?" 소리를 빽 질렀다.

부잣집 강아지로 태어나고 싶다는 딸은 바라는 게 많다. 꿈도 자주 바뀐다. 어릴 때는 얌전하고 순한 딸이었는데 이제는 내가 하는 말에 사사건건 토를 단다. '사춘기라 그렇지.' 이해되다가도 화딱지가 난다. 지난달에는 메이크업 아티스트가 된다더니 오늘은 영상 콘텐츠 전문가가 된다고 한다. 빨리 스무 살 되어서 좋아하는 일 하면서 살고 싶단다. 강아지 열 마리 데리고 엄마 잔소리 안 들으면서. 벌써 독립할 생각하는 딸이 서운하다가도 나랑 너무 다른 모습에 신기하기도 하다. 나는 딸이랑 달랐다. 부모님, 선생님 말씀 잘 듣고 하라는 거 따라 하는 모범생 아이로 살았다. 자기주장 강하고 자유분방한 딸과 다르게 난 속으로만 하고 싶은 걸 외쳤다. 성적에 맞춰 들어간 독어독문학과. 독일어에 별 관심이 없어서 수업 시간에 딴짓만 했다. 그때는 어려운 독일어 공부하는 게 지겨웠다. 졸업하고 나중에야 공부 안 한 걸 후회했다. '그때 열심히 독일어 공부해서, 혼자 유학을 떠났다면 지금 어떻게 살고 있을까?' 혼자 독일에서 살고 있는 내 모습을 상상하면서 현재 삶에 만족하지 못했다. 힘이 들 때마다 '좋은 환경에서 태어났더라면 지금과 다르게 더 잘 살 수 있지 않

내가 쓰는 글이 너에게 닿기를

을까?' 하는 생각을 자주 했다.

Ich liebe dich! (나는 너를 사랑해!)

"엄마, 독일어 해봐!"

그때마다 '이히리베디히'만 외쳐대는 나. 독일어 회화책을 사서 다시 공부한다고 마음먹은 지 오랜데 머릿속에 잘 들어오지 않는다. 독일 문학 전공 시간에 괴테의 시를 낭독해주던 교수님의 모습이 그리워진다. 수업 시간에 항상 열심히 공부했던 같은 과 친구 소식을 들었다. 독일에 있는 대학으로 진학 해 정착했다는 소식을.

책《이어령의 마지막 수업》에 이런 문장이 나온다.

"지혜의 시작은 운명을 받아들이는 거라고."

운명을 받아들이지 못하니 마음이 허했다. 무기력해졌다. 책을 읽고 글을 끄적이면서 내 모습을 제대로 바라볼 수 있었다. 내가 좋아하는 것, 앞으로 되고 싶은 나에 대해 생각하는 시간이 많아졌다. 오십 아줌마도 꿈이 있다. 미래를 선명하게 꿈꾸고 구체적으로 볼 수 있어야 그대로 이루어진단다. 내 운명을 받아들여야 내가 할 수 있는 것들이 보인다.

《살림보다 내가 좋아》를 출간하고 저자 특강 때 이은대 작가님이 물어보셨다. 앞으로 꿈이 뭐냐고. 망설임 없이 '문화 공간 가주'를 만드는 거라고 말했다. 책 읽고 글 쓰며 공부하는 엄마들의 문화 공간을 만들고 싶다는 꿈. 몇 년 전부터 노트에 그렸다. 이층집에 잔디 마당이 있는 공간을. 그 공간에서 강의하고 독서 모임 하면서 함께 이야기 나누는 순간을 매일 머릿속으로 그린다. 남의 삶이 좋아 보이던 내가 지금보다 더 재미나게 살 궁리를 매일 하고 있다. 하루하루 내가 할 수 있는 것을 하고 즐기며 일한다. 살아가는 건 과정을 누리는 것이다. 내가 만들어 가는 것이다. 내 운명을 기꺼이 받아들이고 긍정할 때 삶은 달라진다. 그래도 만약 내게 다른 삶을 또 한 번 살 기회가 생긴다면 다시 20대로 돌아가 이렇게 살고 싶다.

첫째. 이십 대 환경 탓, 상황 탓하느라 아까운 시간을 그냥 보냈다. 하고 싶은 공부보다는 성적에 맞춰 들어간 대학에서 의미 없는 시간을 보냈다. 내게 다시 이십 대의 시간이 주어진다면 천천히 배우고 알아가는 기쁨을 갖고 싶다. 좋아하는 분야의 책을 읽고 깊이 생각하는 시간이 충분했다면 더 풍요로운 삶을 살지 않았을까 생각해본다.

둘째, 나보다 타인의 시선에 신경 쓰며 살았다. 내 생각보다 다수의 의견을, '좋은 게 좋은 거다' 생각했더니 속으로 부정적인 감정이 쌓여갔다. 아이들을 키우고 살림하면서 나보다 가족을 먼저 챙기니 점점 의욕도 없어졌다. 내가 우선이다. 내 몸과 마음은 나만 돌볼 수 있다. 혼자만의 시간을 의식적으로 챙기면서 내가 하고 싶고 원하는 것들을 써나가기 시작했다. 내 욕망을 누르지 말고 나 다운 일상을 꾸려나가기를. 되고 싶은 나를 상상하며 조급해하지 말고 나만의 안목을 기르는 과정을 즐겼으면 좋겠다.

내가 쓰는 글이 너에게 닿기를

셋째, 주어진 일상을 더 재미나게 풍요롭게 하는 것들을 찾아 즐기면서 살고 싶다. 두려운 마음에 용기 내지 못하고 시도조차 못한 일이 많다. 뭐든지 시작하고 몰입해서 열심히 해 보고 실패도 하는 과정을 겪어야 성장한다. 주저하고 아무것도 하지 않으면 성장할 수 없다.

Ich liebe mich! 나는 나를 사랑해! 내 운명을 사랑하며 오늘 하루 잘 사는 삶을 살고 싶다. 청력을 잃고 절망 속에서도 아름다운 곡을 지은 베토벤의 노래를 나지막하게 불러본다. 어떤 삶이 펼쳐지든 그럼에도 불구하고 나를 사랑하며 살아가겠노라고.

나답게 사는 방법

정인구

"선배님, 매일 꽃길만 걸으세요!"

독서 모임 L 선배가 전화 통화 중 내게 건네는 말입니다. 누구나 평탄한 길 걷고 싶어 하지만 저를 포함한 그 누구도 좋은 길만 걷는 사람은 없습니다. 우리는 인생이라는 드라마의 주인공입니다. 영화, 드라마 주인공은 반드시 시련과 고난이 닥치지만, 극복하고 결국 해 피엔딩으로 끝나지요. 주인공은 가시밭길 나오면, 고치고 수리해서 아름다운 꽃길로 만들어 갑니다. 그것이 나답게 사는 방법입니다.

"거실이 연기로 가득했습니다. 얼른 주방으로 달려가 인덕션을 껐 습니다."

저는 감자와 고구마를 좋아합니다. 수시로 삶아 먹습니다. 인덕션 에 45분 시간을 맞춰두고 방에서 강의안을 만들고 있었지요. 타는 냄새가 나서 밖에 나갔더니 거실이 연기로 가득 찼습니다. 냄비를 급히 들어냈습니다. 냄비 뚜껑을 열어보니 고구마가 새카맣게 탔습니다. 물을 붓지 않았다는 사실을 그제야 알았습니다. 인덕션 전원 코드를 뽑는데도 화면상에 계속 '고온'이라는 빨간색 경고 글자가 사라지지 않았습니다. 전원 버튼을 눌러도 마찬가지였지요. 전원 코드를 콘센트에서 제거하고, 열이 다 식은 다음 다시 꽂았습니다. 인덕션이 삶을 다한 모양입니다.

아내에게 뭐라 하지?, 거실 창문, 베란다 창문, 욕실, 큰 방, 작은 방, 주방, 출입문……. 있는 문을 다 열었습니다. 찬바람이 방 안으로 들어왔습니다. 찬바람쯤은 견딜만했습니다. 최대한 실수를 감춰야 합니다. 타는 냄새가 사라지지 않아, 창고에서 선풍기 3대를 꺼내왔습니다. 거실, 주방, 창문 곁에 두고 5단 풍속으로 시동을 걸었습니다. 윙윙~ 선풍기 돌아가는 소리가 크게 들렸습니다. 공기청정기 불빛은 빨간색으로 변했습니다.

아내에게 전화가 왔습니다. 곧 집에 도착한다고. 최대한 타는 냄새를 감춰야 합니다. 선풍기를 둘둘 말아 창고 안으로 보내고 입 단속시켰습니다. 띠 리릭, 띠 리릭 출입문 열리는 소리가 들렸습니다. 나는 최대한 경건한 마음으로 설거지하며 인사를 건넸습니다.

"무슨 타는 냄새가 나는 것 같은데, 또 태웠나?"
"아니, 아무 냄새도 안 나는데……."

시치미를 뚝 뗐습니다. 내 코에 타는 냄새가 쉽게 사라지지 않았습니다. 얼른 화제를 바꾸었지요.

"여보, 인덕선에 불이 안 나오더라."

"그래? 고장날 만도 하다, 10년 훨씬 넘게 썼는데, 바꿀 때도 됐다."

아내가 신혼 때처럼 한없이 너그럽고 예뻐 보였습니다.

"일단 수리점에 맡겨 볼게."

실수한 것을 감추려고 태연한 척 말했습니다.

인덕선을 종이가방에 넣고 살금살금 밖으로 나오려는데 "여보, 올 때 감기약 사온나."라고 부탁했습니다. 어제부터 감기에 걸려 기침이 심합니다. 지난주 우리 부부와, 독서 모임 회원 2명과 2박 3일 제주도 여행을 다녀왔습니다. 지인이 얼마 전 건물을 신축했는데, 임대하기 전 당분간 무료로 제공해 준다고 해서 가게 되었습니다. 바다가 훤히 보이는 3층 건물이었습니다. 아내는 전기보일러를 쓰면 전기 요금이 많이 나온다고, 온도조절기를 오락기 만지듯 몇 번을 조작하더니 결국 보일러 전원 코드를 뽑고 잤습니다. 숙소를 무료로 사용하는 것도 미안한데, 전기 요금이 많이 나오면 피해 줄 것 같다는 게 아내 생각이었지요. 남에게 부담을 조금도 주기 싫어하는 성격이라 한 번씩 답답할 때가 있습니다. 아침에 일어나 목이 까칠하다더니 어제부터 감기에 걸렸습니다.

수리점 가는 도중 인덕선을 살릴 방법이 없을 것 같다는 생각이 들었습니다. '안되면 새로 사면 되지 뭐.' 수리점 도착, 접수대에 인덕선을 올렸습니다. 안내접수 직원은 뒷면에 붙어 있는 제품 제원

내가 쓰는 글이 너에게 닿기를

을 컴퓨터에 입력했습니다. 천국과 지옥문 앞에서 인덕션이 살아온 이력을 적고, 천국으로 보낼지 지옥으로 보낼지를 결정할 것 같았습니다.

"잠시 기다리십시오."

접수 직원은 뒤쪽 사무실 수리요원에게 처분을 맡기고 왔습니다. 10여 분 지났을 무렵 뒤쪽 사무실에서 빼꼼히 문을 열고 내 이름을 부르며 들어오라고 했습니다. '드디어 올 것이 왔구나' 마음 졸이며 안으로 들어갔습니다.

"전원 퓨즈가 나갔습니다. 퓨즈 교체 비용은 2만 5천 원입니다. 교체해 드릴까요?"

말이 채 끝나기도 전에 "네."라고 대답했지요. 10년 넘게 한결같이 우리 곁에서 성실하게 소임을 다한 인덕션! 지옥으로 갈 리가 없습니다. 2만 5천 원으로 새 생명이 되어 내 품으로 돌아왔습니다.

집으로 오는 길, 차 액셀러레이터가 평소보다 엄청나게 잘 나갑니다. 약국에 들러 감기약을 산 후 개선장군이 된 듯 출입문을 힘차게 열었습니다.

"여보, 퓨즈가 나갔다더라. 교체했다. 이제 작동이 잘 된다."

아내는 무덤덤했습니다. 인덕션을 켜고 감자와 고구마 냄비를 올렸습니다. 윙~~ 감자와 고구마가 익어가고 있습니다. 인덕션의 삶이 다시 시작되었습니다.

인덕션이 고장나면 수리하여 고쳐 쓰면 됩니다. 감기에 걸리면 감기약을 먹으면 얼마 지나지 않아 낫습니다. 인생, 꽃길만 걷는 사람은 아무도 없지요. 지난 삶이 분노, 배신, 원망, 질투, 시샘, 원한, 복수심, 증오 등 힘든 삶을 살아왔더라도 세월이 지나면 해결되는 경우가 많습니다. 어떤 삶을 살았든 더 나은 삶을 살겠다는 마음가짐이 중요합니다.

인덕션은 물이 끓어 넘쳐도, 냄비를 태워도 묵묵히 자기 소임을 다 합니다. 아내는 남에게 피해를 주는 것을 싫어합니다. 나는 덤벙덤벙 실수투성이, 사고뭉치고요. 인덕션은 인덕션으로, 아내는 아내다움으로, 나는 나다움으로, 남과 비교하지 않고 살아갑니다. 어제보다 조금이라도 더 나은 삶, 하루하루를 온전히 내 것으로 만들고, 내 의지대로 움직이고, 선택하고, 그 결과도 온전히 받아들이는 삶이 나답게 사는 방법이라는 것을 알아갑니다.

　　　　　　　　　　내가 쓰는 글이 너에게 닿기를

자신의 본래 모습만은 잃지 말기를

황상열

"형, 나 어떻게 해야 해요? 같이 그만두어야 하는 건가요?"

12년 전 겨울 그 당시 다니던 회사에서 월급이 50%만 지급되었다. 미국 비우량 주택담보대출 여파로 건설 경기가 상당히 좋지 않았다. 월급이 겨우 나오는 상황에서 사람들이 그만두기 시작하더니 두 개의 팀만 남게 되었다. 그중 한 개의 팀을 관리하는 팀장으로 근무하고 있을 때다. 다른 회사 합사 프로젝트로 인해 나가야 할 상황이 생겨서 나가게 되었다.

그러다가 월급이 50%만 지급되자 원래 본사에 남아있던 팀장과 대리가 회사를 나간다고 선포했다. 이런 상황에서 못 다니겠다고 선언한 것이다. 그런데 나에게도 전화해서 행동을 같이하자고 설득했다. 어떻게 월급 반만 받고 회사에 다닐 수 있냐고 하면서. 나는 반대했다. 아무런 계획도 세우지 않고 나가고 싶지 않았다.

특히 그 팀장이 이야기하는 논리를 따를 수 없었다. 문제는 그 팀장, 대리와 같이 일했던 사원 후배였다. 갑자기 위에서 다 그만두자고 설득하니 이 후배도 어떻게 해야 할지 감이 잡히지 않았다. 계속 고민하다가 밤에 내 집 근처로 찾아왔다. 집 앞에 있는 술집으로 데려가서 같이 이야기를 나누었다. 술 한 잔 부딪히면서 그에게 한마디만 했다.

"너의 인생이 중요해. 다른 사람이 뭐라고 말하는 것은 다 듣지 않아도 돼. 너의 본래 모습만 잃지 말고 행동하면 된다."

그 말을 듣고 후배는 고개를 끄덕였다. 다음 날 옆 팀장과 대리만 회사를 그만두게 되었다. 후배는 남았다. 시간이 지난 지금은 다른 회사의 중역으로 잘 지내고 있다. 지금도 가끔 통화하게 되면 자신의 본래 모습만 잃지 말라는 이야기가 가장 기억에 남는다며 같이 웃는다.

지난 11월 다니던 회사를 여러 상황으로 인하여 나오게 되었다. 자발적으로 나온 게 아니다 보니 받아들이는 것이 처음에는 쉽지 않았다. 또다시 왜 나에게만 이런 일이 계속 일어나는지 세상이 원망스러웠다. 계속 정처 없이 떠돌다가 어느 잘 정착했다고 생각했지만, 운명의 장난처럼 다시 세상 밖으로 나오게 되었다. 도대체 무엇이 문제였는지, 어디서부터 꼬인 건지 그런 생각만 들었다. 주눅이 들었다. 아무런 용기가 나지 않았다. 자꾸 숨고만 싶었다.

답답한 마음에 몇몇 지인에게 속마음을 털어놓았다. 너무 속상하

내가 쓰는 글이 너에게 닿기를

다고. 일도 열심히 했고, 타인에게 피해를 준 것도 없는데 왜 내가 회사를 나와야 하는지 모르겠다고. 자꾸 동굴로 들어가는 느낌이 든다고. 그 말을 듣는 지인이나 친구는 같이 위로해 주면서 더 잘 될 기회라고 이야기했다. 그것보다 중요한 것이 너의 본래 모습까지는 잃지 말라고 격려했다.

나의 본래 모습이 무엇인지 다시 생각했다. 지금까지 무슨 일이 생겨도 처음에는 힘들어했지만, 결국에는 어떻게 해결책을 찾아 일어나는 모습, 대단하지 않지만, 타인을 배려하고 잘 챙기는 내 모습도 떠올랐다. 그런 모습을 생각하지 못하고 자꾸 나 자신을 못살게 굴었다. 힘든 상황이 생기자 본래 내 모습까지 잊어버리고 있었다. 지인들의 충고에 정신을 차렸다.

결국 이 상황을 타개하기 위한 매듭은 내가 스스로 풀어내야 했다. 지금까지도 문제가 생기면 잘 헤치면서 극복했던 그런 본래의 모습을 찾기 위해 노력했다. 더 이상 얼굴을 찌푸리는 것이 아니라, 위기는 기회가 될 수 있다는 생각으로 전환했다. 내 모습만 잃지 않는다면 언제 어디서든 다시 시작할 수 있다고 믿게 되었다. 그 후배도 자기 모습을 유지하면서 그만두지 않았기에 지금까지 근사하게 살고 있다.

내가 좋아하는 김종원 작가님이 얼마 전 SNS에 쓴 글을 보고 크게 공감했다. 내 본래의 모습을 잃지 않는 것만이 내가 선택한 인생을 살아갈 힘이 된다는 것을. 작가님이 쓴 글을 한번 소개해 보면 다음과 같다.

"살다 보면 멘탈이 흔들리거나 중심을 잡지 못하게 만드는 일이 생기기 마련이다. 하지만 당신에게 어떤 최악의 일이 생겼다고 할지라도, 그 사실에 마음 쓰지 말라. 또한 누구도 당신의 내일을 짐작할 수 없으며, 인생은 알 수 없다는 사실을 기억하라. 이 말을 기억하자. 나는 결국 잘 된다."

최악의 일까지 아니지만 잠시 멘탈이 흔들리고 중심을 잡지 못했다. 하지만 내 본래의 모습을 잃지 않고 끝까지 견디고 인생을 살아간다면 결국 다시 좋아질 것이라고 믿고 있다. 이 글을 읽고 있는 당신도 인생이 아무리 힘들더라도 자기 모습까지 버리지 말자. 나란 존재는 어디서든 빛날 것이라고 여긴다면 아무도 당신을 막을 수 없다.

내가 쓰는 글이 너에게 닿기를

김혜련

나는 당신이 잘 살기를 바랍니다.

누구든 삶의 순간마다 견디기 힘든 시간이 있다. 어려움은 파도같이 밀려왔다. 사라지고, 다시 밀려오고 사라진다. 어려움은 성장과 학습의 시간이다. 지금 힘든 일이 생겼다면 앞으로 나아갈 힘이 있다는 것이다. 더 강해질 수 있고, 더 나은 해결책을 찾을 수 있을 것이다. 자신에게 맞는 방법을 찾아 적용하고 노력하면 힘들었던 상황을 극복할 수 있다. 항상 양면성이 있는 삶이다. 선택은 내가 한다. 자신을 믿으며 지속해서 노력하고 어려움을 극복하는 나를, 당신을 응원한다.

서주운

'카르페 디엠' 지금 살고 있는 이 순간에 충실하라는 뜻의 라틴어입니다. 우리말로는 '현재를 즐겨라'라는 뜻입니다. 내가 세상에 온 이유를 생각해 봅니다. 한 번뿐인 소중한 인생입니다. 살아가는 의미를 되새기고 오늘에 주목합니다. 모든 경험에는 의미가 있습니다. 나의 경험이 의미 있는 나눔으로 살아가는 데 도움이 되었으면 좋겠습니다. 삶에 조언이 필요할 때 이 책이 멘토가 되었으면 하는 마음입니다. 늘 감사하고 행복하기를 축복합니다.

송주하

이 책은 '지금'이 힘든 사람을 생각하며 썼습니다. 저 역시, 살면서 크고 작은 시련이 있었고, 사람 때문에 힘든 적도 많았습니다. 꿈이 없어서 한참 방황하기도 했고요. 이랬으면 어땠을까 하고 후회로 남은 부분도 있습니다. 벽을 만날 때마다, 나름의 방법으로 이겨냈던 것 같습니다. 부디, 나의 작은 경험이 누군가에게 조금이라도 도움이 되었으면 하는 바람입니다. 우리는 모두 소중한 존재라는 말을 좋아합니다. 이 책을 읽고, 나를 귀하게 여기는 시작이 되었으면 좋겠습니다.

안지영

라이팅 코치로서 세 번째 공저인데 여전히 설레고 떨립니다. 닦을수록 빛나는 도자기처럼 저의 글도 깊은 빛이 나길 바랍니다. 읽고 쓰는 삶이라면 못 할 게 없습니다. 나의 보잘것없는 경험이, 남몰래 흘린 눈물이 누군가에게 힘이 된다니 가슴이 벅차오릅니다. 글 쓰는 작가라 행복합니다. 글쓰기 매력은 끝없기에 날마다 새롭습니다. 매일 읽고 쓰는 삶 속에서 진정한 삶을 찾아서 다행입니다. 오랫동안

내가 쓰는 글이 너에게 닿기를

빛을 잃지 않는 라이팅 코치로 거듭나고 싶습니다.

이승희

어릴 때는 내가 사는 시골 동네가 싫었습니다. 촌스럽기만 했어요. 동화책 속 세상과 비교하면 초라해 보이기만 했지요. 자유기고가 시절 전국의 맛집과 카페를 취재하러 다니며 알게 되었습니다. 내 고향이 얼마나 아름다운 곳이었는지. 동진강 상류, 꽃 피고 새 우는 곳. 정 많은 사람들 모여 사는 그림 같은 동네였어요. 저처럼 먼 곳만 바라보며 살면 놓치는 것 많습니다. 지금 여기, 지금 이 순간이 얼마나 소중한 것인지 모르고 살게 됩니다. 당신은 빛나는 지금을 놓치지 않았으면 좋겠습니다.

임주아

〈인생 골목에서 헤매지 않기를〉, 몸에 상처를 내는 것만이 자해가 아닙니다. 불평, 불만, 자기 비하로 자신을 망가뜨리는 행위 역시, 정신적 자해입니다. 상처는 회복 시간이 필요하듯, 마음의 상처도 아무는 시간이 필요합니다. 어쩌면 몸의 상처보다 더 많은 시간이 필요할지 모릅니다. 그러니, 자신을 학대하지 마세요. 제일 친한 친구처럼, 가족처럼, 스스로 사랑하고 지켜주세요. 세상에서 제일 중요한 사람은 바로 나 자신입니다. 스스로 버티고 헤쳐 나갈 힘은 자신을 사랑하는 힘에서 나옵니다. 여러분은 저처럼 헤매지 말고 긍정과 사랑의 길로 나아가기를 지지합니다.

마치는 글

장진숙

글을 쓰기 시작하면서 달라진 것이 있습니다. 그건 바로 관심의 대상이 나에서 다른 사람으로 바뀐 것입니다. 어떤 것에 마음이 끌려 주의를 기울임. 또는 그런 마음이나 주의를 관심이라고 합니다. 내가 힘들었던 순간 그토록 듣고 싶었던 그 한마디, 너를 응원해. 이제 나와 비슷한 문제로 힘들어하는 이들에게 제가 말해주고 싶습니다. 당신은 지금 잘하고 있다고, 멀리서 내가 당신을 응원하고 있다고, 힘들어하는 당신이 오늘 웃을 수 있길 기도하고 있는 사람이 있다고 말입니다. 나는 당신이 행복했으면 좋겠습니다.

정가주

삶은 내가 원하는 대로만 흘러가지 않습니다. 장애물을 만나고 상처를 입으며 절망하는 순간이 찾아옵니다. 사건과 상황은 내가 통제할 수 없지만, 내 마음에 따라 괜찮은 하루가 되기도 하지요. 오늘 어떤 일상을 보내고 있나요. 어떤 일이 있더라도 '나'를 위한 시간은 떼어 놓으셨으면 좋겠습니다. 책을 읽고 끄적였던 시간 덕분에 용기를 주고 위로하는 글을 쓸 수 있어 다행입니다. 오늘 당신의 하루가 괜찮았기를, 내일은 더 나아지기를 바라며 작은 마음을 보냅니다.

정인구

회사에서 시키면 시키는 대로 열심히 일했다. 상사가 시키면 죽는시늉도 했다. 가정은 등한시하고 술에 찌들어 살았다. 제안채택으로 '특별승진 대상자'가 되었음에도 4년 연속 낙방했다. 회사·상사원망,

내가 쓰는 글이 너에게 닿기를

불평불만, 짜증 등 부정적인 말을 달고 살았다. 환갑이 다 되어서야 알게 되었다. 어디로 가는지도 모르고 열심히 살았다는 것, 내가 하는 말과 생각이 내 삶이 된다는 것, 남을 돕는 삶이 행복이라는 것을! 이 세 가지를 개선하고 실천하면 신나게 살고 있다. 독서와 글쓰기가 나를 살렸다.

황상열

지금 실직, 실연, 이별, 사업 실패 등으로 인생 자체가 힘들다고 의기소침해 있는가? 왜 나만 이 세상에서 이런 억울하고 나쁜 일만 겪는다고 신세 한탄하고 있는가? 타인이 자신의 실패에 대해 이런저런 말을 할까 두려운가? 나만 이렇게 지지리 궁상처럼 살아서 쪽팔려 보이는가? 이제 이런 생각과 행동은 멈추자. 긴 인생에서 봤을 때 다 아무것도 아니다. 인생의 어느 한 시점만 보지 말자. 지금 힘들다면 나중에는 반드시 좋은 일이 생기는 것이 삶의 진리다.